DIE SCHÖNSTEN SCHUBERT-BRIEFE

Die schönsten

Schubert-briefe

herausgegeben von
Erich Valentin

Langen Müller

An Hand von Autographen, Faksimiles und Photos durchgesehen, kommentiert und mit einer Einleitung und ausführlicher Zeittafel herausgegeben von Professor Dr. ERICH VALENTIN, München

Verlagsredaktion und Lektorat: Dr. phil. Georg Niebling
Schutzumschlagentwurf: Renate Weber-Rapp
Gesamtherstellung: Jos. C. Huber KG., Dießen vor München
Printed in Germany 1975
ISBN 3-7844-1606-3

INHALT

Einleitung

Es ist nicht ganz einfach, bei *Franz Schubert* von »schönsten Briefen« zu sprechen. Dafür sind zwei Gründe anzuführen. Der eine wäre der, daß alle Briefe Schuberts »schönste« sind. Sogar die sachlichen sind es, wie z. B. die an Verleger gerichteten Briefe, weil sie in ihrer Bittstellung Schuberts Notlage darlegen und bezeugen; sie sind weniger aggressiv als die *Beethovens*, bestätigen aber dennoch *Grillparzers* stolzes Wort »Schubert heiß ich, Schubert bin ich«. (In nachfolgender Auswahl, die, wohlgemerkt, eine Auswahl und keine Gesamtausgabe sein soll und will, sind daher neun Briefe, bei denen es sich lediglich um kurze Mitteilungen u. ä. handelt, ausgelassen.) Der zweite Grund ergibt sich aus der Tatsache, daß der Umfang der Korrespondenz — etwa im Vergleich zu *Mozart* und *Beethoven* — gering ist. Deshalb erschien es unerläßlich, seine ungemein aufschlußreichen Eintragungen in Notiz- und Tagebuch sowie seine Gedichte als Äußerungen und gewissermaßen an sich selbst gerichtete Mitteilungen unter die Briefe einzureihen. Man erinnert sich hierbei dessen, was *Goethe* in den »Wahlverwandtschaften« in

der Vorbemerkung zu Ottiliens Tagebuch sagt, wenn er vom »Faden der Neigung und Anhänglichkeit« spricht, »der alles verbindet und das Ganze bezeichnet«, bezogen auf »diese Bemerkungen, Betrachtungen, ausgezogenen Sinnsprüche« (II, 2). In Ottiliens Tagebuch (II, 9) ist dann die Rede vom »guten Gedanken, den wir gelesen, etwas Auffallendes, das wir gehört«; darin sind Tagebuch und Brief in Beziehung zueinander gesetzt. In solchem Sinne erscheint es legitim, Schuberts Briefe und Notizen als ein Ganzes anzusehen. Aus diesem, am Ende dann doch verhältnismäßig umfangreichen Gesamt resultiert ein biographisches Material, das über die Persönlichkeit, das Dasein und den Lebensbereich Schuberts beredte Auskunft gibt und ein wenig von dem ahnen läßt, was aus der Atmosphäre der Zeit Schuberts Gedanken und Empfindungen prägte und seine Welt-Ansicht (wie *Heinrich Zschokke* gesagt haben würde) bestimmte.
Schuberts Briefe sind insgesamt »schöne« Briefe, weil sie klar in der Formulierung sind, so klar und sauber wie seine Handschrift. Aber sie sind auch stilistisch schön, zuweilen sogar dichterisch. Merkwürdig ist, daß sie ihrem Gehalt und ihrem Stil nach »poetischer« sind als manche Selbstbetrachtungen und vor allem die Gedichte. Aber beide Komplexe, die Briefe und die »Meditationen«, gehören zusammen. Denn sie sind gleichermaßen Zeugnisse seines Verlangens nach Mitteilung, die begreiflicherweise in den Briefen »sachlicher« ausfällt als in den Betrachtungen und Gedichten. Dennoch

gibt es auch hier Berührungspunkte, etwa in der Erzählung »Mein Traum« (1822) und in den beiden Reisebriefen (1825), deren lebendige, geradezu künstlerische Anschaulichkeit von jenem Sprachgefühl getragen ist, das die Verbindung zum Liedschaffen Schuberts herzustellen vermag. Daß Schubert belesen und literarisch bewandert war, geht aus vielen Belegen hervor: aus den »Lesungen« im Freundeskreis, die er fein säuberlich von den sich meist anschließenden »Schubertiaden« unterschied, aus den Zitaten in Widmungen und Briefunterschriften oder der Tagebuch-Eintragungen vom 8. September 1816, in der es heißt: »Ich hörte oft von Schriftstellern sagen ...«. Hieraus ergibt sich die wohl erstmals von *Alfred Einstein* (»Schubert. Ein Musikerporträt«) aufgeworfene Frage, inwieweit Schuberts Aphorismen als Reflexe oder Exzerpte aus seiner Lektüre anzusehen sind. *Einstein* spricht kurz und bündig sogar von »Lesefrüchten«. Hier stehen der Forschung noch wichtige, bisher merkwürdigerweise nicht beachtete Aufgaben bevor, deren Resultate für die Kenntnis und Erkenntnis der Persönlichkeit Schuberts von weittragender Bedeutung sein werden. Dessen ungeachtet zeigt sich schon jetzt, daß sich Schuberts Lese-Beschäftigung von *Wieland* über *Goethe* bis *Tieck*, *Kleist* und *Heine*, bis *Scott* und *Cooper* erstreckte und seine aus den Liedern zu erkennende literarische Spannweite einen noch größeren Ambitus aufweist, in dem *Klopstock* und *Hölty*, wie *Uhland* und *Rückert*, *Platen* und *Heine* enthalten sind. *Eduard von Bauern-*

feld (1802–1890), Beamter, Komödienschreiber und Freund Schuberts, berichtet in seinen »Erinnerungen an Schubert«, in denen, da sie erst 1869 entstanden, gewiß manches verblaßt sein mag, aber doch im Ganzen nichts erdichtet sein kann: »Auch in der Literatur war er übrigens nichts weniger als unbewandert, und die Art und Weise, wie er die verschiedenen dichterischen Individualitäten als Goethe, Schiller, Wilhelm Müller, Johann Gabriel Seidl, Mayrhofer, Walter Scott, Heine poetisch-lebendig aufzufassen, in neues Fleisch und Blut zu verwandeln und eines jeden Wesen in schöner und edler musikalischer Charakteristik treu wiederzugeben verstand –, diese Sanges-Palingenesien dürften allein genügen, um ohne allen weiteren Beweis bloß durch ihr eigenes Dasein darzutun, aus welchem tiefen Gemüt, aus welcher zartbesaiteten Seele diese Schöpfungen hervorquollen. Wer die Dichter versteht, ist selbst ein Dichter! Und wer ein Dichter ist und mit Freunden und Gleichgesinnten ab und zu anakreontisch zecht, hat noch weit zum besoffenen Wilden! – Auch hat sich dieser Wilde nicht selten an ernste Lektüre gewagt. Es finden sich Exzerpte von seiner Hand aus historischen, selbst philosophischen Schriften vor, seine Tagebücher enthalten seine eigenen, zum Teil höchst originellen Gedanken, auch Gedichte, und sein Lieblingsumgang waren Künstler und Kunstverwandte.«

Ein anderes Zeugnis: *Franz von Hartmanns* (1808 bis 1875) Tagebuch. Am 12. Januar 1828: »Zu Schober, wo die herrliche Geschichte der Marquise v. O. von

Kleist ausgelesen und ein Buch angefangen wird: Reiseideen von Heine«. (Gemeint ist das »Buch Le Grand« von 1826.) *Kleist* wird mehrfach erwähnt, auch mit Dramatischem (»Käthchen von Heilbronn«, das 1810 im Theater an der Wien herauskam, »Prinz von Homburg«, der 1821 in Wien uraufgeführt wurde, »Der zerbrochene Krug«). *Schiller, Goethe* (»Faust I«, von *Schober* vorgetragen), *Grillparzer* (»Ein treuer Diener seines Herrn«), *Tieck* (»Novellen«), *Immermann* u. a. gehörten laut *Hartmann* zum Lese-Repertoire. Aus welchen Quellen auch immer nun Schuberts Gedanken stammen mögen, ob aus »Erlesenem« oder »Erdachtem« –, die darin zutage tretende Aussage ist entscheidend.

In allen Äußerungen, die zuweilen Hilferufen gleichkommen, spiegelt sich über das Persönliche hinaus jene Beklemmung und Depression wider, die nicht nur ihn, sondern seine ganze Zeit belastete. Die von den politischen, sozialen und geistigen Vorgängen ausgelöste allgemeine Hoffnungslosigkeit mündete in Sorge und Unsicherheit ein. Zwischen Revolution und Restauration, Erhebung und Unterdrückung stand drohend eine immanente Angst, stand die schon von *Seume* aufgeworfene Frage, ob der mit Erwartung vollzogene Eintritt in das 19. Jahrhundert eine Morgen- oder eine Abenddämmerung heraufbeschworen habe. Die kriegerischen Ereignisse, die das Heilige Römische Reich Deutscher Nation zerstörten und ein neues Europa zur Folge hatten, und die innerpolitischen und sozialen Spannungen, auch die Inflation, erweckten Furcht, die in den »Weltuntergangs-Oratorien« (*Friedrich Schneiders* »Das Weltgericht« 1821) ihren allgemeingültigen Ausdruck fand. 1810 hatte *Jean Paul* das Wort »Weltschmerz« formuliert. Aber was zwischen »Ahnung und Gegenwart« (*Eichendorffs* 1812 geschriebener und 1815 von *Fouqué* unter diesem Titel herausgegebener Roman!) eingebettet war, hatte etwas von jener Aussichtslosigkeit, die *Kleists* Briefwort »Das Leben, das vor mir ganz öde liegt ...« oder *Grillparzers* »was ihr für Lieder haltet, es sind Klagen, gesprochen in ein freudenloses All« wiedergeben. All diese Gedankengänge und Worte waren letztlich aber nicht allein auf rein persönlichen Veranlagungen, Schicksalen oder auch nur momentanen Emotionen beruhende Äußerungen, sondern offenkundig Widerspiegelungen einer gleichermaßen von Überschwang und Bedrückung enervierend erfüllten Atmosphäre, aus der einzig *Goethe* in unberührt scheinender Größe herausragte. Mit der industriellen Revolution der Siebzigerjahre des 18. Jahrhunderts waren Zeichen gesetzt, deren lebensverändernde Wirkung zunächst mehr Verwirrung als Heil stiftete, auch wenn *Goethe* unter diesen Symbolen der Fabriken und Schornsteine das neue, das 19. Jahrhundert als »unser« Jahrhundert begrüßte und *Saint-Simon* im Zusammenhang mit dem Begriff »industriell« eine Neuordnung der europäischen Gesellschaft auf der Basis gründlich gewandelter Voraussetzungen als unumgänglich anerkannte.

Man begreife: diese schwerwiegenden Vorgänge vollzogen sich zu Lebzeiten Schuberts. Auch wenn er — ebensowenig wie schon *Mozart* und gewiß weniger als *Beethoven* — von den Ereignissen als solchen nicht unmittelbar berührt worden sein mag, so traten doch ihre Auswirkungen, so wie sie seine Freunde und Zeitgenossen betrafen, unvermeidlich und unumgänglich in seinen Daseinsbereich. Jenes gewisse Verlangen, dem Negativen eben dieses Daseins durch Freundschaften und Freude doch ein Positives abzugewinnen, kam aus dem wachen Selbsterhaltungstrieb, sich nicht in die Stimmungen zu verlieren, die sich seit den Tagen des »Werther« und der Geburt des Wertherismus wie ein Nebel über die Nachdenkenden lagerten. Der pessimistische Grundzug, der die Hoffnungen und Erwartungen trübte, läßt sich — bis zum »Tristan« *Wagners* — genau verfolgen: bei *Leopardi* und *Chateaubriand* (»Renée« 1802), *Heine* und *Wilhelm Müller*, dessen »Winterreise« erst durch Schubert das Gepräge einer meditatio mortis und der Ausweglosigkeit erhielt. Schubert nannte das Werk einen Zyklus »schauerlicher Lieder«, die, wie *Josef v. Spaun* in seinen »Aufzeichnungen« erzählt, Schubert nach eigener Aussage »mehr angriffen, als dies je bei anderen Liedern der Fall war«.

Das Wien Schuberts (und *Beethovens*) ist das Wien der hoffnungsgeladenen Euphorie des »Kongresses« von 1815 und dann des Katzenjammers bitterer Enttäuschung. Es ist das Wien, das noch über diese Zeit hinaus unter dem System des Haus-, Hof- und Staatskanzlers *Metternich* und seines Adlatus *Friedrich von Gentz*, die beide beileibe keine Wiener waren, zu leiden hatte und sich an Spitzelei und Zensur zwangsläufig gewöhnte. Auch Schubert bekam das obrigkeitliche Mißtrauen zu spüren, als er 1820 bei der Verhaftung seines Freundes *Johann Senn* (1795—1857), den man burschenschaftlicher Umtriebe bezichtigte, mit andern in den Polizei-Rapport geriet (»Der Schulgehilfe aus der Roßau Schubert«). Dessen ungeachtet ging am 14. Juni 1820 im Kärntnertor-Theater Schuberts »Posse mit Gesang« nach *Georg v. Hofmanns* »Die Zwillingsbrüder« in Szene, mit einer Musik, die, einer Kritik zufolge, als »zu erhaben« für »diese ländliche Handlung« erachtet wurde. Aber darum geht es hier nicht. Es geht um die Tatsache, daß Theater und Musik, Kunst und Literatur unbeschadet der Bedrängnisse nicht nur »weitergingen«, sondern reger denn je beansprucht wurden, als Bedürfnis, als Ablenkung, aber auch als eine Art Forum. Das gilt, um im Lebensraum Schuberts zu bleiben, insbesondere für die Wiener Komödie. Ihr Ernst bei *Ferdinand Raimund* (1790—1836), dessen »Alpenkönig und Menschenfeind« von 1828 Toleranz lehrt, und ihre Satirik bei *Johann Nepomuk Nestroy* (1801 bis 1862), dem Altersgenossen des auf eigene Weise gleichgesonnenen Berliners *Albert Lortzing*, malen die Atmosphäre von Ort und Zeit aus. (*Reinhard Urbach* hat in seinem Buch »Die Wiener Komödie und ihr Publikum«, Wien-München 1973, diese treffenden

Charakteristiken von *Raimund* und *Nestroy* formuliert.) Die Angst vor dem Kometen, die den Schuster Knieriem in *Nestroys* »Lumpazivagabundus« (1833) bedrängt, ist alles andere als harmlos. Schubert schrieb stattdessen die »Winterreise«, die Variationen »Der Tod und das Mädchen«, das Lied »An die Musik«, in dem Freund *Schober* die völlig neue Aufgabe der Musik, Trösterin in »grauen Stunden« zu sein, anzeigt. Er schrieb seine Briefe und Tagebücher.

1824 beklagte Schubert im Brief an seinen Bruder Ferdinand (16./18. Juli) »jenes fatale Erkennen einer miserablen Wirklichkeit« und sah sich bemüht, sie durch seine Fantasie »so viel als möglich zu verschönern«. Diese Äußerung, auch wenn sie auf dem melancholischen Vergleich mit »jener glücklichen Zeit, in der uns jeder Gegenstand mit einer jugendlichen Glorie umgeben scheint«, veranlaßt war, ist gewiß mehr als nur personell bezogen. Was darin zum Ausdruck kommt, ist im Grunde genommen dieselbe Negation, die in den erwähnten Zitaten aus *Kleist* und *Grillparzer* erkennbar ist. Es soll nicht verallgemeinert werden. Schubert, den *Bauernfeld* (1860) »den hypochondrischen Freund« nennt, hatte Grund genug, hypochondrisch zu sein: Enttäuschung, Krankheit, Not, Umstände also, die seine Neigung zu Schwermut und Traurigkeit förderten. Die Welt, die sich ihm bot, war die Umwelt, die er sich in seinem großen Freundeskreis und in der Zugehörigkeit zu seiner Familie selbst schuf. Hier spielte sich letztlich – trotz öffentlicher Aufführungen und des öffentlichen Konzerts von 1828 — sein künstlerisches Dasein ab. Schubert war einer der ersten »freischaffenden« Künstler (nicht der erste). Diese soziale Komponente darf nicht außer acht gelassen werden. Die Menschen, die er um sich scharte, Menschen aller Berufsschichten, d. h. nicht nur aus Künstlerkreisen, waren seine eigentlichen Partner. Es ist deshalb bewundernswert, daß es ihm gelang, sich über Wien hinaus jenes Ansehen zu verschaffen, das Verlagsinteressen in Zürich, Leipzig und Mainz weckte und kritische Würdigungen der gedruckten Werke allenthalben veranlaßte.

Der Musiker Schubert, der poetischen Verstand besaß und ihn beispielsweise an der Auslese und — im Sinne des Wortes — textlichen Verbesserung der Gedichte *Wilhelm Müllers* bewies, kam aus der Schule *Antonio Salieris* (1750—1825). Seine »geliebten Götter« — neben dem unerreichbaren Goethe — hießen aber *Mozart* und *Michael Haydn* (1737—1806). Voll ehrfürchtiger Bewunderung stand er dem großen Zeitgenossen *Beethoven* gegenüber, den er nur um ein Jahr überlebte. Er befaßte sich mit *Händel* und mit dem *Bach* des »Wohltemperierten Klaviers«. In seinem Sterbejahr schickte er sich an, bei *Simon Sechter* (1788—1867) das Fugenschreiben studieren zu wollen. Es ist, als ob sich in dem Musiker Schubert, der von Anfang an seine unverkennbar eigene und neue Handschrift zu schreiben vermochte, die Zeiten überlagerten. Es mutet seltsam an, zu erfahren, daß Schubert 1825 im Hause der Schauspielerin *Sophie Müller* dem »alten *Lange*« begegnete; dieser aber war niemand anders als Mozarts Schwager, der Schauspieler und Maler *Joseph Lange* (1751 bis 1831), dem wir das unvollendet gebliebene *Mozart*-Porträt von 1782 verdanken. Dann wieder lesen wir Namen wie *Weber, Rossini, Meyerbeer* oder *Johann Theodor Mosewius* (1788—1858), der als *Bach*-Apostel in Breslau die von *Mendelssohn* angeregte *Bach*-Bewegung mittrug. *Mosewius*, der mit *Schober* befreundet war, ließ Schuberts Lieder von seinen Studenten am Kirchenmusikalischen Institut erarbeiten (1828!). Der achtzehnjährige *Robert Schumann* (1810—1856), der einen allerdings nicht überlieferten Brief an Schubert richtete, erschloß, zunächst für sich, als der ersten einer, was es mit Schuberts Musik auf sich habe, so wenn er für Schuberts »Polonaisen« von 1826/27 Formulierungen findet, die, von *Schumannschem* Enthusiasmus geprägt, doch das »Große« erahnen lassen, das erst viel später entdeckt wurde; es heißt: »lauter aufbrechende Gewitterstürme mit romantischem Regenbogen über feierlich schlummernden Welten.« Die einordnungsbesessene Kategorisierungslust tut sich auch heute noch schwer, Schubert im Zwischenbereich zwischen »Klassischem« und »Romantischem« (wie es *Schumann* erstmals angezeigt hatte) zu lokalisieren. Es fragt sich, ob es überhaupt möglich ist, einen Standort ausfindig zu machen, der sich mit bloßen Worten und Begriffen fixieren läßt. Die musikgeschichtliche Orientierung ist ohnedies dadurch erschwert, daß Schubert im

Alter von 31 Jahren starb (jünger noch als Mozart), nur zwei Jahre nach *Weber* und ein Jahr nach *Beethoven.* Dieses im Sterben erfolgende enge Zusammenrücken dreier Generationen verengt den Einblick. *Schubert,* Altersgenosse *Heinrich Heines* und *Gaetano Donizettis, Jeremias Gotthelfs* und der *Annette v. Droste-Hülshoff,* altersnah *Carl Loewe* und jüngeren wie *Honoré de Balzac* und *Alexander Puschkin,* ist ein Einzelfall, eine Einzelerscheinung, deren »Meßbarkeit« sich, im Vergleich zu seinen Generationsverwandten, dadurch verschließt, daß sein Lebenswerk zu einem Zeitpunkt vollendet war, da die anderen »anfingen«, die anderen, deren Lebensende in völlig gewandelten Konstellationen stattfand. Schuberts Umkreis war das Wien *Haydns, Mozarts* und *Beethovens.* Aber seine Welt war größer, wie es auch seine Wirkung war. Die »weite Dämmerung«, wie *Eichendorff* eben diese Zeit nannte, in der beide lebten, war Schubert ebenso vertraut, wie die große Welt, die er sich, lesend, nachdenkend und diskutierend, in seine eigene Welt hereinholte. (Es ist übrigens merkwürdig, daß der 1788 geborene *Eichendorff* im poetischen Vokabular Schuberts fehlt.)

Einer der, wie bemerkt, lange nicht ausgeschrittenen Wege zu Schubert führt über das, was er in Briefen und Aufzeichnungen niedergeschrieben hat, und zwar nicht nur als Weg zur Persönlichkeit, sondern über oder durch diese auch zu seiner Musik. Der Lehrerssohn aus dem Wiener Himmelpfortgrund hatte im

Kreis der Familie und deren Freunde seine musikalische Laufbahn begonnen. Was er über Schule und Berufsausbildung hinaus erwarb, hatte er jedoch aus dem Verlangen gewonnen, sich selbst im Gespräch mit den Freunden und in der aufgesuchten Begegnung mit dem, was außer der Musik in erster Linie Literatur und Kunst ihm anboten, anzueignen. Seine Neugierde (nach *Nägeli* Motivation dessen, was man Bildung nennt) fand Anknüpfungspunkte, die zweifellos seine Gedanken bestimmten, die ihn beispielsweise vom »Welten-Regisseur« sprechen lassen. Die Assoziation liegt nahe, die auf *Matthias Claudius* hinweist, auf dessen »Denksprüche alter Weisen«, worin davon die Rede ist, daß die Welt ein »Schauplatz« sei, oder auf *Kleist*, der den Menschen als »Puppe am Draht des Schicksals« sieht. *O. E. Deutsch* (»Dokumente«, S. 50) greift gar auf *Marc Aurels* »Selbstbetrachtungen« zurück. Die »Leidenschaft«, Motiv des »Sturm und Drang«, als Macht der Unruhe, die den Menschen jagt, findet sich in dieser Richtung bei *Lessing* ebenso wie bei *Schiller*. Es ist, wie gesagt, an der Zeit, den Spuren nachzugehen, wenngleich auch Eigengedankliches zweifellos nicht auszuschließen ist. Das bekundet z. B. der Satz (vom 27. März 1816), in dem Schubert von seinen »Erzeugnissen« spricht. Deutlicher noch wird dies in seinem Brief an *Schober* (21. September 1824) gesagt, worin es heißt: ». . . in einer dieser trüben Stunden . . . entwischte mir folgendes Gedicht, welches ich nur darum mitteile, weil ich weiß, daß Du selbst meine Schwächen mit Liebe u.

Schonung rügst.« (Das Beispiel einer dieser »Schwächen« ist die »Klage an das Volk«).
Die Lektüre der Gedichte seines Liedschaffens führt dabei zu Begegnungen, die am Rande zu stehen scheinen. Dazu gehört z. B. die 1815 erschienene Sammlung »Dichtungen für Kunstredner« von *Johann Ludwig Deinhardstein* (1794–1859), dem Wiener Ästhetiker am Theresianum und Dramatiker, dessen »Hans Sachs« *Albert Lortzing* 1829 zur Vorlage nahm. Andererseits verlieh ihm seine Naturliebe die dichterische Gabe der Beschreibung (Reisebriefe 1825), die sich der romantischen Landschaftsmalerei jener Jahre nähert.
Die Erwähnung der Anthologie *Deinhardsteins* erfordert einen kleinen Exkurs zu Schuberts Lektüre. *Deinhardstein* war Schubert zweifellos persönlich bekannt. Des dichtenden Ästhetikers und Literaturprofessors recht mäßiges »Volkslied« hatte er 1822 unter dem Titel »Am Geburtstage des Kaisers« (D 748) komponiert. Das war also sechs Jahre nach dem Erscheinen der Gedichtsammlung. In dem gleichen Jahr 1815, in dem diese Sammlung erschien – nicht 1816, wie *Deutsch* (»Dokumente«, S. 147) annimmt –, komponierte Schubert die erste Fassung des »Erlkönig« (D 328), ein Jahr darauf den »Wanderer« (D 489 u. 493). Beide Gedichte sind bemerkenswerterweise in *Deinhardsteins* Auswahl enthalten. »Der Wanderer« des *Georg Philipp Schmidt* von Lübeck (1766–1849) trägt allerdings hier den Titel »Der Unglückliche«, dazu noch mit dem Verfassernamen »Werner«. Ob bei diesem Irrtum *Zacharias Werner*

(1768—1823) gemeint sein soll, bleibe dahingestellt. Das »Morgenlied« des »Schicksaltragikers« *Werner* wiederum hat Schubert 1820 vertont (D 685). Es entstand nun zu allem Überfluß, woran *Deutsch* (»Dokumente«, S. 150 ff) erinnert, eine geradezu heillose Verwirrung, als 1822 der Theresianer *Friedrich v. Hentl* in einer Besprechung der Schubert-Lieder (»Wiener Zeitschrift für Kunst«) den »Wanderer« und das »Morgenlied« als »Wanderers Morgenlied« durcheinander brachte.

Die in Wien und Triest erschienene, dem musenfreundlichen Wiener Großhändler *Heinrich Krippner* gewidmete Anthologie *Deinhardsteins* ist mit dem Porträt des »Kunstredners« *Theodor B. v. Sydow* geschmückt. Dieser *Sydow* war ein Freund *Theodor Körners*, über den etwa 1813 möglicherweise eine persönliche Beziehung zu Schubert hergestellt wurde (vgl. *Deutsch*, »Dokumente«, S. 26). Laut Vorwort war die Sammlung im Mai 1814 abgeschlossen, konnte demnach Schubert sogar noch vor der Drucklegung bekannt geworden sein. Sie enthält neben Bedeutendem recht viel Unbedeutendes, immerhin aber Gedichte von *Goethe* (»Erlkönig«, »Der untreue Knabe«, »Kenner und Enthusiast«, »Prometheus«), *Körner*, den *Schlegels, Matthisson, Novalis, de la Motte-Fouqué, Tieck, Baggesen, Lappe, Salis, Collin.* Das sind Namen, die dem beim Erscheinen des Buches achtzehnjährigen Schubert vielleicht zum ersten Male begegneten. Vielleicht, wie gesagt, wurde der aufmerksame Leser Schubert angeregt, Ernstes und Gewichtiges, aber auch Heiteres und Unterhaltsames daraus zu entnehmen und von da aus den Weg selbständigen Suchens einzuschlagen.

Daß dem der Fröhlichkeit aufgetanen Schubert der Humor nicht ausging, belegen Widmungen, wie etwa die an *Seraphine Schellmann* (1823):

Hüpfen Sie mit diesem Eccosaise
froh durch jedes Ach und Weh!

Dann gibt es an Mozart erinnernde Wortspielereien, die z. T. *beethovensch* sein könnten, wie im »Gedicht« an *Ignaz Aßmayr* (März 1818), oder gar kräftige erboste Ausfälle wie die gegen *Josef Kugelmann* (im Brief an *Ferdinand Schubert,* 16./18. Juli 1824), den er den »Strohesel Hugelthier« und, in *Beethovens* Manier, »ungeputzte Sau« nennt. Und von *Mozart* könnte geradezu stammen, was er in seinem nächtens geschriebenen Brief an Bruder *Ferdinand* (24. August 1818) ärgerlich über seinen eingeschlafenen Fuß sagt und dazu meint: »Könnte der Talk schreiben, würde er nicht einschlafen.«

Es ist derselbe Schubert, der in seinem letzten, an *Schober* gerichteten Brief (vom 11. November 1828) schreibt: »Ich bin krank«. In diesen drei Worten (denen lediglich seine Bitte um Lektüre folgt) ist alles gesagt, was der schon seit 1823 kränkelnde Schubert durchzustehen hatte und still ertrug.

Noch im Sterbejahr 1828 erschienen in den Nekrologen die ersten Würdigungen. Ihnen folgten 1829 die ersten »Erinnerungen« (*Bauernfeld,* der sich des Mehrfachen ausließ, *Mayrhofer, Spaun),* 1830/31 auch schon die ersten Werkbetrachtungen (*Rellstab, Schindler*). 1855 veröffentlichte *William Neumann* in Kassel die erste, 32 Seiten umfassende Biographie (»Die Componisten der neueren Zeit«). Hinweise auf die wichtigsten Daten der »Schubert-Geschichte« gibt das »Verzeichnis des Schrifttums über Franz Schubert 1828—1928« (Regensburg) von *Willi Kahl* (vgl. ferner die Zeittafel im vorliegenden Buch). Zentrale Bedeutung für alles, was mit Schubert zu tun hat, besitzen die diesbezüglichen grundlegenden Arbeiten von *Otto Erich Deutsch* (1883—1967).

Die ersten Veröffentlichungen von fünf Briefen, zwei Gedichten und der Erzählung »Mein Traum« unter dem Titel »Reliquien« nahm *Robert Schumann* in der von ihm gegründeten und redigierten »Neuen Zeitschrift für Musik« (10. Jahrband, 1839) vor. 1843 folgte *Andreas Schumacher* mit sieben Briefen »aus Oberösterreich«. Im weiteren Verlauf erscheint die Herausgabe von zehn bisher ungedruckten Briefen durch *Max Friedländer* (Jahrbuch Peters 1895) als besonders wesentlich. Die Systematik setzte erst ein, als *O. E. Deutsch*, der schon 1905 Schubertiana veröffentlichte, 1913 »Franz Schubert. Die Dokumente seines Lebens« bei *Georg Müller* (München-Leipzig) zu veröffentlichen beabsichtigte; die durch den Krieg verursachte Verzögerung hatte zur glücklichen Folge, daß die Ausgabe 1919 (nunmehr bei *Georg Müller*, München) mit Korrekturen und Ergänzungen erscheinen konnte. Dies war der Ausgangspunkt all dessen, was

O. E. Deutsch (vgl. Zeittafel) zur gründlichen Vervollständigung des Schubert-Bildes beigetragen hat, konzentriert vor allem in »Schubert. Die Dokumente seines Lebens« von 1964 (im weiteren kurz »Dokumente« genannt). Auf *Deutsch* fußt die Ausgabe »Franz Schubert in seinen Briefen und Aufzeichnungen« von *Heinrich Werlé* (Leipzig 1948). Erwähnt sei *Willi Reichs* Zusammenstellung »Franz Schubert im eigenen Werk und in den Betrachtungen seiner Freunde« (Zürich 1971).

Für die vorliegende Auswahl ist bereits von den Grundsätzen gesprochen worden, nach denen sie getroffen ist. Der Vollständigkeit halber seien jedoch die Briefe u. a. angegeben, die in der Auswahl nicht enthalten sind: 1. Brief an *Josef Hüttenbrenner* vom 31. Oktober 1822 (betrifft den Auftrag, Lieder an den Verleger *Leidesdorf* weiterzuleiten), 2. Brief an *Johann Steiger von Amstein* (September 1825) mit der Bitte um Entschuldigung wegen seiner kurzfristigen Absage eines gemeinsamen Besuchs-Ausfluges, 3. Brief an *Franz Sales Kandler* vom 30. Juni 1826, eine Messe (As-Dur?) bei den Verlegern *Leidesdorf* oder *Pennauer* anzubringen, 4. Brief an *Ignaz v. Seyfried* in Wien vom 23. Dezember 1826 mit der Nachfrage nach dem Verbleib der »Rosamunde«-Ouvertüre, 5. Brief an *Franz Selliers de Morauville* in Graz vom 19. September 1827 mit der Entschuldigung wegen des Nichteinhaltens seiner Besuchszusage, 6. Brief an *Johann Philipp Neumann* vom 16. Oktober 1827 mit dem Dank für Honorar (Komposition der »Deutschen Messe«), 7. und 8. zwei Kurzbriefe an *Johann Jenger* (November 1827) mit der Absage zu einem Mittagessen bei Bankier *Henikstein*, 9. Gesuch an die »Gesellschaft der Musikfreunde« Wien vom 5./6. März 1828 um Überlassung des »Lokals beim roten Igel« für das Konzert am 21. März 1828. Ferner sind Arbeitsnotizen (wie z. B. »den 18. Juny 1812 den Contrapunkt angefangen«), Werk-Titel, Widmungen und Stammbuch-Eintragungen (z. B. mit Zitaten von *Luther* und *Goethe* für *Albert Schellmann* vom 28. November 1822) ausgelassen.

München, im Frühjahr 1975 *Erich Valentin*

An seinen Bruder[1]

Den 24. November 1812

Gleich heraus damit, was mir am Herzen liegt, und so komme ich eher zu meinem Zwecke, und Du wirst nicht durch liebe Umschweife lang aufgehalten. Schon lange habe ich über meine Lage nachgedacht und gefunden, daß sie im Ganzen genommen zwar gut sei, aber doch noch hie und da verbessert werden könnte; Du weißt aus Erfahrung, daß man doch manchmal eine Semmel und ein paar Aepfel essen möchte, um so mehr wenn man nach einem mittelmäßigen Mittagsmahle, nach 8½ Stunden erst ein armseliges Nachtmahl erwarten darf. Dieser schon oft sich aufgedrungene Wunsch stellt sich nun immer mehr ein, und ich mußte *nolens volens* endlich eine Abänderung treffen. Die paar Groschen, die ich vom Herrn Vater bekomme, sind in den ersten Tagen beim Teufel, was soll ich dann die übrige Zeit thun? Die auf Dich hoffen, werden nicht zu Schanden werden. Matthäus Cap. 3, V. 4[2]. So dachte auch ich. – Was wär's denn auch, wenn Du mir monatlich ein Paar Kreuzer zukommen ließest. Du würdest es nicht einmal spüren, indem ich mich in meiner Clause für glücklich hielte, und zufrieden sein würde. Wie gesagt, ich stütze mich auf die Worte des Apostels Matthäus, der da spricht: Wer zwei Röcke hat, der gebe einen den Armen etc.[3]. Indessen wünsche ich, daß Du der Stimme Gehör geben mögest, die Dir unaufhörlich zuruft,

Deines
Dich liebenden armen, hoffenden
und nochmal armen Bruders
Franz zu erinnern.

Die Zeit (im Mai 813)[4]

Unaufhaltsam rollt sie hin
Nicht mehr kehrt die Holde wieder
Stät im Lebenslauf Begleiterin
Senkt sie sich mit uns ins Grab hernieder.

Nur ein Hauch! – und er ist Zeit
Hauch! schwind' würdig ihr dort nieder
Hin zum Stuhle der Gerechtigkeit
Bringe deines Mundes Tugendlieder!

Nur ein Schall! und er ist Zeit
Schall! schwind' würdig ihr dort nieder
Hin zum Sitze der Barmherzigkeit
Schütte reuig Flehen vor ihm nieder!

Unaufhaltsam rollt sie hin
Nicht mehr kehrt die Holde wieder
Stät im Lebenslauf Begleiterin
Senkt sie sich mit uns ins Grab hernieder.

Kantate zur Namensfeier des Vaters[5]
Terzetto

Ertöne Leyer
Zur Festesfeier!
Apollo steig hernieder
begeistre unsre Lieder!

Lange lebe unser Vater Franz!
Lange währe seiner Tage Chor!
Und im ewig schönen Flor
blühe seines Lebens Kranz.

Wonnelachend umschwebe die Freude
Seines grünenden Glückes Lauf.
Immer getrent vom trauernden Leide
nehm ihn Elysiums Schatten auf.

Endlos wieder töne holde Leyer,
bringt des Jahres Raum die Zeit zurück,
sanft u. schön an dieser Festes-Feyer
ewig währe Vater Franzens Glück!

Auf die Nahmensfeyer meines Vaters!!! Fine, den 27. September 813.

An die Stadthauptmannschaft Wien

(April 1816)

Hochlöbl.k.k.Stadthauptmannschaft!

Unterzeichneter bittet unterthänigst, ihm die erledigte Musik-Director-Stelle zu Laibach in Gnaden zu verleihen[6].

Er unterstützt seine Bitte mit folgenden Beweggründen:

1. Ist er ein Zögling des k.k.Convicts, gewesener k.k. Hofsängerknabe, und in der Composition Schüler des Herrn von Salieri [,] ersten k.k.Hofkapellmeisters, auf dessen wohlmeinendes Anrathen er die Stelle zu erhalten wünschet.
2. Hat er sich in jedem Fache der Composition solche Kenntnisse und Fertigkeit in der Ausübung auf der Orgel, Violin u. im Singen erworben, daß er laut beiliegenden Zeugnisses unter allen um diese Stelle nachsuchenden Bittwerbern als der Fähigste erklärt wird.
3. Gelobet er, die bestmögliche Verwendung seiner Fähigkeiten, um einer gnädigen Bittgewähr vollkommen zu entsprechen.

Franz Schubert
der Zeit Schulgehilfe der
Schule seines Vaters zu
Wien am Himmelpfortgrunde
No. 10.

Aus dem Tagebuch (1816)

13. *Juny* 1816.

Ein heller, lichter, schöner Tag wird dieser durch mein ganzes Leben bleiben. Wie von ferne leise hallen mir noch die Zaubertöne von Mozarts Musik. Wie unglaublich kräftig u. wieder so sanft ward's durch Schlesingers[7] meisterhaftes Spiel ins Herz tief, tief eingedrückt. So bleiben uns diese schönen Abdrücke in der Seele, welche keine Zeit, keine Umstände verwischen, u. wohlthätig auf unser Daseyn wirken. Sie zeigen uns in den Finsternissen dieses Lebens eine lichte, helle, schöne Ferne, worauf wir mit Zuversicht hoffen. O Mozart, unsterblicher Mozart, wie viele o wie unendlich viele solche wohlthätige Abdrücke eines lichtern bessern Lebens hast du in unsere Seelen geprägt. – Dieses Quintett ist, so zu sagen, ein's seiner größten kleinern Werke[8]. – Auch ich mußte mich produciren bey dieser Gelegenheit. Ich spielte Variationen von Beethoven, sang Göthe's *rastlose Liebe*[9] u. Schillers *Amalia*[10]. Ungetheilter Beyfall ward jenem, diesem minderer. Obwohl ich selbst meine *rastlose Liebe* für gelungener halte als *Amalia*, so kann man doch nicht leugnen, daß Göthe's musikalisches Dichtergenie viel zum Beyfall wirkte. Auch lernte ich Mdm. Jenny[11], eine außerordentlich geläufige Klavierspielerin kennen, doch scheint ihr der wahre, reine Ausdruck einigermaßen zu fehlen.

14. *Juny* 1816.

Nach einigen Monathen machte ich wieder einmahl einen Abendspaziergang. Etwas angenehmeres wird es wohl schwerlich geben, als sich nach einem heißen Som̄ertage Abends im Grünen zu ergehen, wozu die Felder zwischen Wäring[12] u. Döbling eigens geschaffen scheinen. Im zweifelhaften Däm̄erschein, in Begleitung meines Bruders *Carl*[13] ward mir so wohl ums Herz.

Wie schön, dacht' ich u. rief ich, u. blieb ergötzt stehen. Die Nähe des Gottesackers eriñerte uns an unsere gute Mutter. So kamen wir unter traurig traulichen Gesprächen auf den Punkt, wo sich die Döblinger Straße theilt. Und wie aus him̄lischer Heimath hörte ich von einer haltenden Chaise herab eine bekannte Stim̄e. Ich schaute auf – u. es war Hr. Weinmüller[14], welcher eben ausstieg u. sich in seinem herzlichen, biedern Tone empfahl. – Gleich wandte sich unser Gespräch auf die äußere Herzlichkeit in Ton u. Sprache der Menschen. Wie mancher bemühet sich sein redliches Gemüth vergebens in eben so herzlicher, biederer Sprache zu zeigen; wie mancher würde da nur zum Gelächter der Menschen dienen. Man kann solches nicht als ihr erstrebtes Gut, sondern nur als Naturgabe ansehen.

15. *Juny* 1816.
Gewöhnlich ist's, dß[15] man sich von zu erwartenden zu große Vorstellungen macht. So ging es auch mir, als ich die bey St. Anna gehaltene Ausstellung vaterländischer Gemählde sah[16]. Unter allen Gemählden sprach mich ein Madonnen-Bild mit einem Kinde von Abel[17] am meisten an. Sehr getäuscht wurde ich durch den Sam̄tmantel eines Fürsten. Übrigens sehe ich ein, daß man dergleichen Sachen öfter u. lange sehen muß, um den gehörigen Ausdruck u. Eindruck zu finden u. zu erhalten.

16. *Juny* 1816.
Schön u. erquickend muß es dem Künstler seyn, seine Schüler alle um sich versam̄elt zu sehen, wie jeder sich strebt, zu seiner Jubelfeyer das Beste zu liefern, in allen diesen Compositionen bloße Natur mit ihrem Ausdruck, frey aller Bizarrerie zu hören, welche bey den meisten Tonsetzern jetzt zu herrschen pflegt, u. einem unserer größten deutschen Künstler[18] beynahe allein zu verdanken ist, von dieser Bizzarrerie, welche das Tragische mit dem Komischen, das Angenehme mit dem Widrigen, das Heroische mit Heulerey, das Heiligste mit dem Harlequin vereint, verwechselt, nicht unterscheidet, den Menschen in Raserey versetzt statt in Liebe auflöst, zum Lachen reitzt, anstatt zu Gott erhebt, diese(s) Bizarrerie aus dem Cirkel seiner Schüler verbannt, u. dafür die reine, heilige Natur zu blikken, muß das höchste Vergnügen dem Künstler seyn, der von einem Gluck geleitet, die Natur kenen lernt, und sie trotz der unnatürlichsten Umgebungen unserer Zeit erhalten hat. –
Hr. Salieri[19] feyerte, nachdem er 50 Jahre in Wien u. beynahe eben so lang in Kaiserlichen Diensten geweßen, sein Jubelfest; wurde von S. Majestät mit einer goldnen Medaille belohnt, ladete viele seiner Schüler u. Schülerin̄en ein. Die dazu verfertigten Compositionen seiner Compositions-Schüler wurden nach der Ordnung, in welcher sie bey ihm eintraten, von oben nach unten producirt. Das Ganze ward von einem *Chor* u. dem Oratorium Jesu al Limbo[20], beydes von

Salieri, eingeschlossen. Das Oratorium echt Gluckisch gearbeitet. Die Unterhaltung war für jeden interessant.

17. *Juny* 1816.

An diesem Tag componirte ich das erste Mahl für Geld. Nähmlich eine Cantate[21] für die Nahmensfeyer des Hn. Professors Wattrot[22] von Dräxler[23]. Das Honorar ist 100fl W.W.

8. *September* 1816.

Der Mensch gleicht einem Balle, mit dem Zufall u. Leidenschaft spielen[24].

Mir scheint dieser Satz außerordentlich wahr.

Ich hörte oft von Schriftstellern sagen: Die Welt gleicht einer Schaubühne, wo jeder Mensch seine Rolle spielt. Beyfall u. Tadel folgt in der andern Welt. – Eine Rolle aber ist aufgegeben, also ist auch unsere Rolle aufgegeben, und wer kann sagen, ob er sie gut oder schlecht gespielt hat? – Ein schlechter Theater-Ressigeur, welcher seinen Individuen solche Rollen gibt, die sie nicht zu spielen im Stande sind. Nachläßigkeit läßt sich hier nicht denken, die Welt hat kein Beyspiel, dß ein Akteur wegen schlechtem Recitiren verabschiedet worden sey? Sobald er eine ihm angemessene Rolle bekom̄t, wird er sie gut spielen; erhält er Beyfall oder nicht, dieß hängt von einem tausendfältig gestim̄ten Publikum ab. Drüben hängt der Beyfall oder Tadel von dem Welt-Ressigeur[25] ab. Der Tadel hebt sich also auf.

Naturanlage u. Erziehung bestim̄en des Menschen Geist u. Herz. Das Herz ist Herrscher, der Geist soll es seyn. Nehmt die Menschen wie sie sind, nicht wie sie seyn sollen.

Selige Augenblicke erheitern das düstere Leben; drüben werden die seligen Augenblicke zum währenden Genuß, u. seligere werden Blicke in seligere welten u. s. f.

Glücklich, der einen wahren Freund findet. Glücklicher, der in seinem Weibe eine wahre Freundin findet.

Ein schreckender Gedanke ist dem freyen Manne in dieser Zeit die Ehe; er vertauschet sie entweder mit Trübsinn, oder grober Sinnlichkeit. Monarchen dieser Zeit, ihr seht dieß, u. schweiget. Oder seht ihr's nicht? Dann, o Gott, umschleyere uns Sinn u. Gefühl mit Dumpfheit; doch nim̄ den Schleyer einmahl wieder ohne Rückschade.

Der Mann trägt Unglück ohne Klage, doch fühlt er's desto schmerzlicher. – Wozu gab uns Gott Mitempfindung?

Leichter Sinn, leichtes Herz. Zu leichter Sinn birgt meistens ein *zu* schweres Herz.

Ein mächtiger Antipode der Aufrichtigkeit der Menschen gegeneinander ist die städtische Höflichkeit.

Das größte Unglück des Weisen u. das größte Glück des Thoren gründet sich auf die Convenienz.

Der edle Unglückliche fühlt die Tiefe seines Unglücks u. Glücks, eben so der edle Glückliche sein Glück u. Unglück.

Nun weiß ich nichts mehr. Morgen weiß ich gewiß wieder etwas. Woher komt das? Ist mein Geist heut stumpfer als morgen, weil ich voll u. schläfrig bin? – Warum denkt mein Geist nicht, wenn der Körper schläft? – Er geht gewiß spazieren? – Schlafen kann er ja nicht? –

Sonderbare Fragen,
Hör' ich alle sagen?
Es läßt sich hier nichts wagen,
Wir müssens duldend tragen.
Nun gute Nacht,
Bis ihr erwacht.

Huldigung an Salieri[26]

Gütigster, Bester!
Weisester, Größter
So lang ich Thränen habe,
Und an der Kunst mich labe,
Sei beides Dir geweiht,
Der beides mir verleiht.

So Güt' als Weisheit strömen mild
Von Dir, o Gottes Ebenbild,
Engel bist Du mir auf Erden,
Gern möcht' ich Dir dankbar werden,
Unser aller Großpapa,
Bleibe noch recht lange da!

Den 24. August 1817.

Abschied

In das Stammbuch eines Freundes[27].

Lebe wohl, Du lieber Freund!
Ziehe hin in fernes Land,
Nimm der Freundschaft trautes Band –
Und bewahr's in treuer Hand!
Lebe wohl! Du lieber Freund!

Lebe wohl, Du lieber Freund!
Hör' in diesem Trauersang
Meines Herzens innern Drang,
Tönt er doch so dumpf und bang.
Lebe wohl, Du lieber Freund!

Lebe wohl, Du lieber Freund!
Scheiden heißt das bitt're Wort,
Weh, es ruft Dich von uns fort
Hin an den Bestimmungsort.
Lebe wohl, Du lieber Freund!

Lebe wohl, Du lieber Freund!
Wenn das Lied Dein Herz ergreift,
Freundes Schatten näher schweift,
Meiner Seele Saiten streift.
Lebe wohl, Du lieber Freund!

An Josef Hüttenbrenner

(21. Februar 1818)[28]

Theuerster Freund! Es freut mich ausserordentlich, dß Ihnen meine Lieder gefallen. Als einen Beweis meiner iñigsten Freundschaft, schicke Ich Ihnen hier ein anderes[29], welches ich eben jetzt bey Anselm Hüttenbrenner[30] Nachts um 12 Uhr geschrieben habe. Ich wünsche, dß ich bey einem Glas Punsch nähere Freundschaft mit Ihnen schließen könnte. Vale.

Eben, als ich in Eile das Ding bestreuen wollte, nahm ich, etwas schlaftrunken, das Tintenfaß u. goß es ganz gemächlich darüber. Welches Unheil!

An Ignaz Aßmayer

[Wien, März 1818.]

Hier hast Du diesen Deutschen[31].
Mein allerliebster Aßma'r![32]
Sonst möchst Du mich noch peitschen,
Vermaledeyter Asma'r!
Illustrissimo, doctissimo, sapientissimo,
prudentissimo, maximoque Compositori
in devotissima humillimaque
reverentiae expressione
dedicatum oblatumque.
de
Servorum Servo Francisco Seraphico vulgo Schubert
nominato.

An Anselm Hüttenbrenner

Wien den 17. März 1818.

Lieber Hüttenbrenner![33]

Ich bitte Dich recht sehr, Donnerstags Nachmittags, das ist Monath März den 19. um 3 Uhr zu Hause zu seyn, damit ich Dich abhohlen und wir zusammen zu den Kunzen[34] gehen können. Solltest Du nicht Zeit haben, was mich außerordentlich derangiren würde, so lasse mir eine Nachricht bei Deinem Hausherrn[35]. Um dieß alles bittet Dich inständigst Dein Freund

Franz Schubert.

An Spaun, Schober, Mayrhofer

Zelez[36], den 3. August 1818.

Liebste, theuerste Freunde!

Wie könnte ich euch vergessen, euch, die ihr mir alles seyd! Spaun[37], Schober[38], Mayrhofer[39], Senn[40] wie geht es Euch, lebt ihr wohl? Ich befinde mich recht wohl. Ich lebe und componire wie ein Gott, als wenn es so seyn müßte.

Mayrhofer's »Einsamkeit«[41] ist fertig, und wie ich glaube, so ist's mein Bestes, was ich gemacht habe, denn ich war ja *ohne Sorge*. Ich hoffe, daß ihr alle recht gesund und froh seyd, wie ich es bin. Jetzt lebe ich einmal, Gott sey Dank, es war Zeit, sonst wär' noch ein verdorbener Musikant aus mir geworden. Schober melde meine Verehrung bei Herrn Vogl[42], ich werde nächstens so frey seyn, auch Ihm zu schreiben. Wenn es seyn kann, so bringe Ihm bei, ob er nicht die

Güte haben wollte, bei dem Kunzischen Concerte[43] im November ein Lied von mir zu singen, welches er will. Grüße mir alle möglichen Bekannten. An Deine Mutter und Schwester meine tiefste Verehrung. Schreibt mir ja recht bald, jeder Buchstab von euch ist mir theuer.

Euer ewig treuer Freund

Franz Schubert.

An Bruder Ferdinand

Vom 24. August 1818.[44]

Lieber Bruder Ferdinand!

Es ist Nachts halb 12 Uhr, und fertig ist Deine Trauermesse[45]. Traurig machte sie mich, glaub es mir, denn ich sang sie aus voller Seele. Was dran fehlt, ergänze, d. i. schiebe den Text drunter u. die Zeichen drüber. Willst Du manches repetiren, so thu es, ohne mich in Zeliz darum zu fragen. Dir geht es nicht gut, ich wollt, ich könnte mit Dir tauschen, so wärst Du einmahl froh. Jede drückende Last würdest Du abgeworfen finden[46]. Lieber Bruder, ich wünscht' es Dir von Herzen. – Mein Fuß schläft mir ein, u. ich bin darüber sehr böse. Könnte der Talk schreiben, würde er nicht schlafen. – – – – – – Guten Morgen, Brüderchen, ich hab nun sam̄t dem Fuße geschlafen und setze meinen Brief den 25. um 8 Uhr fort. Für Deine Bitte hab ich auch eine: Grüße mir meine lieben Ältern, Geschwister, Freunde und Bekannte, insonderheit Karln[47] nicht zu vergessen. Gedachte er in seinem Briefe meiner nicht? – – – Stupfe oder laß meine Stadt-Freunde recht gewaltig stupfen, daß sie mir schreiben. Meiner Mutter[48] berichte, dß meine Wäsche sehr gut besorgt wird, dß mir Ihre Sorgfalt mütterlich wohl thut. (Wenn ich aber noch Wäsche haben könnte, so wär es mir außerordentlich angenehm, wenn Sie mir einen Nachtrab von Schnupftüchern, Halstüchern und Strümpfen schickten. Auch brauchte ich sehr nothwendig zwey Paar – casimirne Beinkleider, das Maß kann der Hart nehmen, wo er will. Das Geld dafür würde ich sogleich schikken.) Für den Monath July nahm ich sam̄t dem Reisegelt 200 fl ein. – Es fängt hier schon an, kalt zu werden, u. doch werden wir vor halbem November nicht nach Wien reisen. Ich hoffe künftigen Monath auf einige Wochen nach Freystadtl zu kom̄en, welches dem Grafen Erdödy, dem Onkel meines Grafen, gehört[49]. Die Gegend soll dort außerordentlich hübsch seyn. Auch hoffe ich nach Pest zu kom̄en, indem wir in Bosczmedjer Weinlese halten, welches nicht weit davon entfernt ist. Außerordentlich angenehm wär' es mir, wenn ich dann den Herrn Administrator Taigele[50] anträfe. Überhaupt aber freue ich mich auf säm̄tliche Weinlesen, indem mir schon so viel Lustiges davon erzählt worden ist. Auch die Ernte ist hier sehr schön. Man bringt hier das Getreide nicht wie in Österreich in Scheuern, sondern man errichtet auf freyem Felde ungeheure Haufen, welche man Triften nennt. Sie sind öfters 40 bis 50 Klafter lang und 15 bis 20 hoch. Sie wissen es so geschickt zu legen, dß der Regen, welcher ablaufen muß, keinen Schaden machen kann. Hafer

und dergleichen vergräbt man auch in die Erde. – So wohl es mir geht, so gesund als ich bin, so gute Menschen als es hier gibt, so freue mich doch unendlich wieder auf den Augenblick, wo es heißen wird: Nach Wien, nach Wien! Ja, geliebtes Wien, Du schließest das Theuerste, das Liebste, in Deinen engen Raum, und nur Wiedersehen, him̄lisches Wiedersehen wird dieses Sehnen stillen. Ich bitte nochmahl um meine obgenannten Wünsche und
verbleibe mit wahrer Liebe Allen
der treue, aufrichtige *Franz.*

Deinem guten Weibe[52]
u. Deiner lieben Resi[53]
tausend Grüße.

Der Frau
Muhme Schubert[51]
u. Tochter
einen sehr herzlichen
Gruß.

An die Freunde

Den 8. Sept. 1818[54].

Lieber Schober!
Lieber Spaun!
Lieber Mayrhofer!
Lieber Senn!
Lieber Streinsberg[55]!
Lieber Wayß[56]!
Lieber Weidlich[57]!

Wie unendlich mich eure Briefe sammt u. sonders freuten, ist nicht auszusprechen! Ich war eben bey einer Ochsen- u. Kuh-Licitation, als man mir euren wohlbeleibten Brief überreichte. Ich brach ihn, u. ein lautes Freudengeschrey erhob ich, als ich den Namen Schober erblickte. Unter immerwährendem Gelächter u. kindischer Freude las ich sie in einem benachbarten Zimmer.

Es war mir, als hielt ich meine theuren Freunde selbst in Händen. Doch will ich euch in aller Ordnung antworten:

Lieber Schobert![58]

Ich sehe denn schon, es bleibt bey dieser Nahmens Verwandlung. Also, lieber Schobert Dein Brief war mir von Anfang bis zum Ende sehr lieb und kostbar, besonders aber das letzte Blatt. Ja ja das letzte Blatt setzte mich in volles Entzücken, du bist ein göttlicher Kerl (versteht sich im schwedischen)[59] u. glaub es mir, Freund, du wirst nicht unterliegen, denn dein Sinn für die Kunst ist der reinste, wahrste, den man sich denken kann. Dß du diese Veränderung eine kleine nanntest, gefiel mir recht wohl, du standst ja schon lange mit einem Fuße in unserer Hölle. — Daß die Operisten in Wien jetzt so dumm sind, u. die schönsten Opern ohne meiner aufführen, versetzt mich in eine kleine Wuth. Denn in Zeléz muß ich mir selbst alles seyn. Compositeur, Redacteur, Autiteur[60], u. was weiß ich noch alles. Für das Wahre der Kunst fühlt hier keine Seele, höchstens dann u. wann (wenn ich nicht irre) die Gräfinn[61]. Ich bin also allein mit meiner Geliebten, u. muß sie in mein Zimmer, in mein Klavier, in meine Brust verbergen. Obwohl mich dieses öfters traurig macht, so hebt es mich auf der andern Seite desto mehr empor. Fürchtet euch also nicht, dß ich länger ausbleiben werde, als es die strengste Nothwendigkeit erfordert. Mehrere Lieder entstanden unter der Zeit[62], wie ich hoffe, sehr gelungene. Daß der griechische Vogel[83] in

Oberoesterreich flattert, wundert mich nicht, da es sein Vaterland ist, u. er Ferien hat. Ich wollte, ich wäre bey ihm. Dann würde ich gewiß meine Zeit gut zu Faden schlagen. Aber dß du, der du doch von Haus aus ein gescheidter Kerl bist, glaubst, mein Bruder flattere eben dort ohne Wegweiser ohne angenehmer Bekanntschaft herum, wundert mich sehr, 1 tens weil ein Künstler am liebsten sich selbst überlassen ist, 2 tens weil es in Oberöstreich zu viele schöne Gegenden gibt, als dß er nicht die schönste finden könnte, 3 tens weil er an H. Forstmeyer[64] in Linz eine sehr angenehme Bekanntschaft hat. Er ist also ganz gewiß an seinem Platz.

Wenn du mir Maxen[65] ohne Hypochondrie grüßen kannst, so wird es mich unendlich freuen. Und da du auch bald deine Mutter u. Schwester[66] sehen wirst, so melde meine Verehrung. Es kann vielleicht seyn, dß dieser Brief dich in Wien nicht mehr antrifft, indem ich ihn erst in den ersten September-Tagen, an denen du reisest, erhielt. Ich werde ihn dir nachschicken lassen. — Unter andern freuts mich recht sehr, daß dir die Milder[67] nicht ersetzt werden kann, mir geht es auch so. Sie singt am schönsten u. trillert am schlechtesten.

Nun eine Beschreibung für alle:

Unser Schloß ist keins von den größten, aber sehr niedlich gebaut. Es wird von einem sehr schönen Garten umgeben. Ich wohne im Inspektorat. Es ist ziemlich ruhig, bis auf einige 40 Gänse, die manchmahl so zusammenschnattern, dß man sein eigenes Wort nicht hören kann. Die mich umgebenden Menschen sind durchaus gute. Selten wird irgend ein Grafen-Gesinde so gut zusammengehen, wie dieses. Der H. Inspector, ein Slavonier, ein braver Mann, bildet sich viel auf seine gehabten Musiktalente ein. Er bläst jetzt noch auf der Laute[68] zwey 3/4 Deutsche mit Virtuosität. Sein Sohn ein studirender Philosoph, kam gerade auf die Ferien, ich wünsche ihn recht lieb zu gewinnen. Seine Frau ist eine Frau wie alle Frauen, die gnädig heißen wollen. Der Rentmeister paßt ganz zu seinem Amte, ein Mann mit außerordentlichen Einsichten in seine Taschen u. Säcke. Der Doktor, wirklich geschickt, kränkelt mit 24 Jahren wie eine alte Dame. Sehr viel Unnatürliches. Der Chirurgus, mir der liebste, ein achtbarer Greis von 75 Jahren, stets heiter und froh. Gott gebe jedem ein so glückliches Alter. Der Hofrichter, ein sehr natürlicher, braver Mann. Ein Gesellschafter des Grafen, ein alter lustiger Geselle, u. braver Musikus, dient mir oft zur Gesellschaft. Der Koch, die Kammerjungfer, das Stubenmädchen, die Kindsfrau, der Beschließer etc. 2 Stallmeister, sind gute Leute. Der Koch ziemlich locker, die Kammerjungfer 30 Jahr alt, das Stubenmädchen sehr hübsch, oft meine Gesellschafterin, die Kindsfrau eine gute Alte, der Beschließer mein Nebenbuhler. Die 2 Stallmeister taugen viel besser zu den Pferden als zu den Menschen. Der Graf, ziemlich roh, die Gräfinn stolz, doch zarter fühlend, die Contessen gute Kinder. Vom Braten bin ich bisher verschont geblieben. Nun weiß ich nichts mehr; dß ich

mit meiner natürlichen Aufrichtigkeit recht gut bey allen diesen Leuten durchkomme, brauche ich euch, die ihr mich kennt, kaum zu sagen.
Lieber Spaun, ich freute mich wahrlich recht herzlich, dß du einmahl Palläste bauen kannst, worin junge kleine *Hofconcipisten* herum springen. Du wirst vermutlich ein Sing-Quartett meinen. Grüße mir H. Gahy[69].
Lieber Mayerhofer, meine Sehnsucht nach dem November wird deiner nicht viel nachgeben. Höre auf zu kränkeln, wenigstens zu mediciniren, so gibt sich das andere von selbst.
Der Hans Senn beliebe zu lesen: *wie oben.*
Der Freund Streinsberg möchte schon gestorben seyn; darf also nichts schreiben. Freund Weidlich flicke seinen Nahmen an einen Rockzipfel. Der gute Waiß erinnert sich meiner mit Dankbarkeit, ist ein braver Mann.
Und nun lieben Freunde, lebt alle recht wohl, schreibt mir ja recht bald. Es ist meine theuerste, liebste Unterhaltung, eure Briefe zehnmal zu lesen.
Grüßt meine lieben Ältern, u. meldet meine Sehnsucht nach einem Brief von Ihnen. Mit ewiger Liebe Euer treuer Freund Frz. Schubert.

Über An H. H. Grafen
Raab Johann Esterhazy
u. in
Torok Zeléz.

An Bruder Ferdinand

Den 29. Oct. 1818 Zeléz.

Lieber Bruder Ferdinand!

Die Sünde der Zueignung[70] war Dir schon im ersten Brief verziehen, Du hattest also keine andere Ursache, so lange mit Deinem Schreiben zu säumen, als höchstens Dein zartes Gewissen. Die Trauermesse gefiel Dir, Du weintest dabey und vielleicht bey dem nähmlichen Wort, wo ich weinte; lieber Bruder, das ist mir der schönste Lohn für dieses Geschenk, laß ja von keinem andern was hören. – Wenn ich die Leute um mich herum nicht alle Tage besser kennen lernte, so ging es mir noch eben so gut, wie anfangs. So sehe ich aber, daß ich unter diesen Menschen doch eigentlich allein bin, bis auf ein Paar wirklich braver Mädchen ausgenommen. Meine Sehnsucht nach Wien wächst täglich. Mit halbem November werden wir reisen. Die lieben kleinen Geschöpfe, Pepi und Marie[71], grüße und küsse mir herzlich, so auch meine guten Ältern. Die Stadtfreunde sind liederlich. So lange Schober's Wunsch *als Geheimniß* erloschen ist, bin ich ruhig.

Die musikalischen Vorfälle ließen mich so ziemlich kalt. Ich bewundere nur den blinden, verkehrten Eifer meines etwas tölpischen Freundes Doppler[72], der mir mit seiner Freundschaft mehr schadet als nützet. Übrigens werde ich mit meinen Herzensgefühlen niehmals berechnen u. politisiren, so wie's *in mir ist*, so geb' ich's heraus und damit Punctum.

Mein Fortepiano ziehe nur an Dich, es wird mich

freuen. Nur verdrießt es mich, daß Du glaubst, Deine Briefe seyen mir unangenehm. Das ist doch schrecklich, von Deinem Bruder so was nur zu denken, u. gar zu schreiben. – Aber das ist mir unangenehm, daß Du immer von Bezahlung, Lohn u. Dank sprichst, gegen einen Bruder, pfui Teufel! – Küsse mir Dein liebes Weib u. Deine kleine Resi[73]. Lebe recht wohl. –
Recht innig freut es mich, von euch, Ignaz u. Resi[74] Briefe zu bekommen. Du, Ignaz, bist noch ganz der alte Eisenmann. Der unversöhnliche Haß gegen das Bonzengeschlecht[75] macht Dir Ehre. Doch hast Du keinen Begriff von den hiesigen Pfaffen, bigottisch wie ein altes *Mistvieh*, dumm wie ein *Erzesel*, u. roh wie ein *Büffel*, hört man hier Predigten, wo der so sehr venerierte Pater Nepomucene nichts dagegen ist. Man wirft hier auf der Kanzel mit Ludern, Kanaillen etc. herum, daß es eine Freude ist, man bringt einen Todtenschädel auf die Kanzel, u. sagt: Da seht her, ihr pukerschäkigten Gfriser, so werdet ihr einmahl aussehen. *Oder:* Ja, da geht der Bursch mit'n Mensch ins Wirtshaus, tanzt die ganze Nacht, dann legen sie sich besoffen nieder, u. stehen ihrer *drey* auf u. s. w. – Ob ihr bey der Schmauserei an mich dachtet, weiß ich nicht. – – Und du, liebe Resi, denkst oft an mich, das ist charmant. – – Die Hollpeinischen[76], sowohl Mann als Frau u. Resi u. Heinrich u. Carl u. seinen Herrn Pathen, sam̄t zukünftiger Gemahlin laß ich alle 99 Mahl küssen. Ob ich auf Sie gedacht habe, wird Ihnen beantworten *der leibhaftige* *Franz.*

An Anselm Hüttenbrenner

Wien, den 21. Jänner 1819.

Lieber, alter Freund![77]

Lebst Du denn noch? So muß ich billig fragen, wenn ich erwäge, wie lange Du schon von uns weg bist, wie lange Du nichts geschrieben, wie treulos Du uns verlassen hast?[78]

Auch die letzte Hoffnung Deiner Wiederkunft ist verloschen. Was hält Dich denn so fanatisch fest in dem vermaledeyten Grätz, ist ein Zauberkreis um Dich, der Dich so entsetzlich fesselt, daß Du alle Welt vergißt? Wohl ahnete – es mir, als ich Dir den Abschiedskuß gab, Du kämest sobald nicht.

Du hast 2 Sinfonien componiert, das ist gut, Du läßt uns nichts davon sehen, das ist nicht gut. Deinem alten Freunde solltest Du doch manchmal etwas mittheilen.

Doch, wo sind die vielen Stunden, die ich mit Dir zu glücklich zubrachte; Du denkst vielleicht nicht mehr daran. Wohl aber ich. Daß es mir übrigens recht gut geht, wirst Du schon gehört haben.

Ich wünsche Dir vom ganzen Herzen dasselbe.

Bleibe mein Freund und vergesse nicht

Deinen

Schubert.

Schreibe mir recht bald.

An Anselm Hüttenbrenner

Wien 19. May 1819.

Lieber Freund!

Ein Schelm bist Du, das ist richtig!!! Ein Jahrzehend verfließt schon, eh Du Wien wieder siehst. Bald sitzt ihm das, bald jenes Mädchen in dem Kopf, ey so hohle der Teufel alle Mädchen, wenn Du Dich gar so von Ihnen behexen läßt. Heurathe in Gottes Nahmen, so hat die Geschichte ein Ende.[79] – Freylich kannst Du auch sagen, wie Caesar, lieber in Grätz der Erste, als in Wien der zweyte. Nun dem sey wie immer, ich bin einmahl fuchsteufelswild, dß Du nicht da bist. Cornet[80] erfährt obiges Sprichwort noch mehr wie Du. Gott gesegne ihms. Ich werde zuletzt auch nach Grätz kommen, u. mit Dir rivalisiren. – Neues gibts hier Weniges, wenn man was Gutes hört; so sind es immer alte Sachen. – Letzthin wurde bey uns Othello von Rossini gegeben[81]. Außerm Radichi[82] wurde alles recht gut exequirt. Diese Oper ist bey weitem besser, d. h. characteristischer als Tancred[83]. Außerordentliches Genie kann man ihm nicht absprechen. Die Instrumentirung ist manchmahl höchst originell, auch der Gesang ist es manchmahl u. außer den gewöhnlichen italienischen Gallopaden u. mehreren Reminiscenzen aus Tancred – Trotz eines *Vogels* ist es schwer, wider Canaillen von Weigl[84], Treitschke[85] etc. zu manövriren. – Drum gibt man statt meiner Operette[86] andere *Ludern*, wo einem die Haare zu Berge stehen.

Semiramis von *Catel*[87] wird nächstens gegeben werden

mit einer unendlich herrlichen Musik. – Herr *Stümer*[88], Tenorist von Berlin, welcher schon in mehreren Opern sang, wird auch hier debutiren. Seine Stimme ist ziemlich schwach, keine Tiefe, beständige Falset-Höhe. – Nun weiß ich nichts mehr. Componire fleißig u. laß uns was zu Theil werden.

Lebe recht wohl. Dein wahrer Freund
Wien den 19. May 1819 Franz Schubert.

An Josef Hüttenbrenner

Lieber Hüttenbrenner![89]

Ich bin und bleibe der Ihrige. Mich freut es außerordentlich, daß Sie mit der Sinfonie[90] fertig sind. Kommen Sie heute Abend damit zu mir, und zwar um 5 Uhr. Ich wohne in der Wipplingerstraße bei Mayrhofer.[91]

An Bruder Ferdinand

Steyr[92], den 15. Juli 1819.

Lieber Bruder!

Ich glaube wohl, daß dich dieser Brief in Wien treffen wird, und du dich gesund befindest. Ich schreibe dir eigentlich, mir das Stabat mater[93], welches wir hier aufführen wollen, so bald als möglich, zu schicken. Ich befinde mich bis jetzt recht wohl, nur will das Wetter nicht günstig sein. Es war hier gestern den 12. ein sehr starkes Gewitter, welches in Steyr einschlug, ein Mädchen tödtete und zwei Männer am Arme lähmte. In

dem Hause, wo ich wohne[94], befinden sich 8 Mädchen, beynahe alle hübsch. Du siehst, daß man zu thun hat. Die Tochter des Herrn v. K.[95], bei dem ich und Vogl täglich speisen, ist sehr hübsch, spielt brav Klavier, und wird verschiedene meiner Lieder singen.
Ich bitte dich, beiliegenden Brief weiter zu fördern. Du siehst, daß ich gar nicht so treulos bin, als du vielleicht glaubst.
Grüße mir Eltern und Geschwister, deine Frau und alle Bekannte. Vergesse ja nicht auf das Stabat mater.

Dein
ewig treuer
Bruder Franz.

Die Gegend um Steyr ist über allen Begriff schön.

An Mayrhofer

Linz[96], den 19. August 1819.

Lieber Mayrhofer!

Wenn es dir so gut geht, wie mir, so bist du recht gesund. Ich befinde mich gegenwärtig in Linz, war bei den Spauns, traf Kenner[97], Kreil[98] und Forstmayer[99], lernte Spauns Mutter[100] kennen und den Ottenwald[101], dem ich sein von mir componirtes Wiegenlied[102] sang. In Steyr hab ich mich und werd' mich noch sehr gut unterhalten. Die Gegend ist himmlisch, auch bey Linz ist es sehr schön. Wir, d. h. Vogl und ich, werden nächster Tage nach Salzburg reisen. Wie freu' ich mich nach —. Den Überbringer dieses Briefes, einen Studenten von Kremsmünster, Namens Kahl, welcher durch Wien nach Idria zu seinen Eltern reist, empfehle ich dir sehr, und bitte dich, ihm durch die Tage, die er hier zubringt, mein Bett zu überlassen. Überhaupt wünsche ich, daß du dich seiner freundschaftlich annimmst, denn er ist ein sehr braver, lieber Mensch.

Die Frau von S.[103] lasse ich herzlich grüßen. – Hast du schon was gemacht? Ich will's hoffen. – Vogl's Geburtsfest[104] feyerten wir mit einer von Stadler[105] gedichteten und von mir componirten Cantate[106], die recht gut ausfiel. Jetzt lebe wohl bis auf den halben September.

Hr. v. Vogl läßt dich
grüßen.
Grüße mir den
Spaun.[107]

Dein
Freund
Franz Schubert.

Albumblatt[108]

Steyr, den 14. September 1819.

Genieße stets der Gegenwart mit Klugheit, so wird Dir die Vergangenheit eine schöne Erinnerung und die Zukunft kein Schreckbild sein.

Der Geist der Welt.[109]

Laßt sie mir in ihrem Wahn,
Spricht der Geist der Welt,
Er ists, der im schwanken Kahn
So sie mir erhält.
Laßt sie rennen, jagen nur
Hin nach einem fernen Ziel,
Glauben viel, beweisen viel
Auf der dunkeln Spur.

Nichts ist wahr von allen dem,
Doch ists kein Verlust,
Menschlich ist ihr Weltsystem,
Göttlich bin ich's mir bewußt.

An Spaun

Wien [,] den 2. Nov. 1821

Lieber Freund![110]

Dein Schreiben hat mich sehr erfreut, und ich wünsche Dir, daß Du fortwährend Behagen findest. – Nun muß ich Dir berichten, daß meine Dedicationen[111] ihre Schuldigkeit gethan haben, nähmlich der Patriarch hat 12 u. der Frieß durch Verwenden des Vogl 20 Ducaten springen lassen, welches mir sehr wohl thut.

Du mußt also so gut seyn, Deine Correspondenz mit dem Patriarchen durch eine Ihm u. mir angemessene Danksagung zu beschließen. – Schobers Oper[112] ist schon bis zum 3ten Akt gediehen, und ich wünschte sehr, daß Du bey ihren Entstehen mitseyn könntest. Wir versprechen uns sehr viel davon. – Das Kärnthnerthor- und Wiedener-Theater ist wirklich dem Barbaya[113] verpachtet u. übernimmt selbe am December. Nun lebe recht wohl. Grüße mir Alle Bekannte insonders Deine Schwester u. Deine Brüder.

Dein Freund

Frz. Schubert

Schreibe recht bald an Patr. und an uns.
NB Schicke mir Ottenwalds Wiegenlied.

»Mein Traum«

Den 3ten July 822.

Mein Traum.[114]

Ich war ein Bruder vieler Brüder und Schwestern. Unser Vater und unsere Mutter waren gut. Ich war allen mit tiefer Liebe zugethan. – Einstmahl führte uns der Vater zu einem Lustgelage. Da wurden die Brüder sehr fröhlich. Ich aber war traurig. Da trat mein Vater zu mir, und befahl mir, die köstlichen Speisen zu genießen. Ich aber konnte nicht, worüber mein Vater erzürnend, mich aus seinem Angesichte verbannte. Ich wandte meine Schritte und mit einem Herzen voll unendlicher Liebe für die, welche sie verschmähten, wanderte ich in ferne Gegend. Jahre lang fühlte ich den größten Schmerz und die größte Liebe mich zertheilen. Da kam mir Kunde von meiner Mutter Tode. Ich eilte sie zu sehen, und mein Vater von Trauer erweicht, hinderte meinen Eintritt nicht. Da sah ich [ihre] Leiche. Thränen entflossen meinen Augen. Wie die gute alte Vergangenheit, in der wir uns nach der Verstorbenen Meinung auch bewegen sollten, wie sie sich einst, sah ich sie liegen.

Und wir folgten ihrer Leiche in Trauer und die Bahre versank. – Von dieser Zeit an blieb ich wieder zu Hause. Da führte mich mein Vater wieder einstmahls in seinen Lieblingsgarten. Er fragte mich ob er mir gefiele. Doch mir war der Garten ganz widrig und ich getraute mir nichts zu sagen. Da fragte er mich zum zweitenmahl erglühend: ob mir der Garten gefiele? –

Ich verneinte es zitternd. Da schlug mich mein Vater und ich entfloh. Und zum zweitenmal wandte ich meine Schritte, und mit einem Herzen voll unendlicher Liebe für die, welche sie verschmähten, wanderte ich abermals in ferne Gegend. Lieder sang ich nun lange, lange Jahre. Wollte ich Liebe singen, ward sie mir zum Schmerz. Und wollte ich wieder Schmerz nur singen, ward er mir zur Liebe.

So zertheilte mich die Liebe und der Schmerz.

Und einst bekam ich Kunde von einer frommen Jungfrau, die erst gestorben war. Und ein Kreis sich um ihr Grabmahl zog, in dem viele Jünglinge und Greise auf ewig wie in Seligkeiten wandelten. Sie sprachen leise, die Jungfrau nicht zu wecken.

Himmlische Gedanken schienen immerwährend aus der Jungfrau Grabmahl auf die Jünglinge wie lichte Funken zu sprühen, welche sanftes Geräusch erregten. Da sehnte ich mich sehr auch da zu wandeln. Doch nur ein Wunder, sagten die Leute, führt in den Kreis. Ich aber trat langsamen Schrittes, [mit] innerer Andacht und festem Glauben, mit gesenktem Blicke auf das Grabmahl zu, und ehe ich es wähnte, war ich in dem Kreis, der einen wunderlieblichen Ton von sich gab; und ich fühlte die ewige Seligkeit wie in einen Augenblick zusammengedrängt. Auch meinen Vater sah ich versöhnt und liebend. Er schloß mich in seine Arme und weinte. Noch mehr aber ich.

Franz Schubert.

An Spaun

Wien, den 7. Dec. 1822.

Lieber Spaun![115]

Ich hoffe Dir durch die Dedication dieser drey Lieder[116] eine kleine Freude zu machen, die Du aber so sehr an mir verdient hast, daß ich Dir wirklich u. ex officio eine ungeheure machen sollte und auch würde, wenn ich es im Stande wäre. Auch wirst Du mit der Wahl derselben zufrieden, indem ich die wählte, die Du selbst angegeben hast. Nebst diesem Heft erscheinen zu gleicher Zeit noch 2 andere, wovon eines schon gestochen ist, u. ich Dir auch ein Exemplar beygelegt habe, und das andere eben gestochen wird. Das erste von diesen enthält, wie Du sehen wirst, die 3 Gesänge des Harfners[117], wovon das 2te: *Wer nie sein Brot mit Thränen aß*, neu ist, und dem Bischof zu St. Pölten[118] gewidmet, das andere enthält, wie Du nicht sehen wirst, die Suleika u. Geheimes[119], und ist dem Schober dedicirt. Nebst diesen habe ich auch eine Fantaisie fürs Pianoforte[120] auf 2 Hände componirt, welche ebenfalls im Stich erscheint und einem reichen Particulier gewidmet ist. Auch habe ich einige neue Lieder von Göthe[121] componirt, als: Der Musensohn, an die Entfernte, am Flusse, u. Willkommen und Abschied. – Mit der Oper[122] ist es in Wien nichts, ich habe sie zurück begehrt u. erhalten, auch ist Vogl wirklich vom Theater weg. Ich werde sie in Kurzem entweder nach Dresden, von wo ich vom Weber[123] einen vielversprechenden Brief erhalten, oder nach Berlin schicken. – Meine Messe[124] ist geendigt, und wird nächstens producirt werden; ich habe noch die alte Idee, sie dem Kaiser oder der Kaiserinn zu weihen, da ich sie für gelungen halte. – Nun habe ich Dir alles, was ich von mir u. meiner Musik neues sagen konnte, gesagt, nur noch eins von einem andern. Libussa, eine große Oper von C. Kreutzer[125], ist dieser Tagen zum erstenmahl gegeben worden, und gefiel. Besonders soll der 2te Akt schön sein, ich habe nur den 1ten gehört, der mich kalt ließ.

Und nun, wie geht es Dir? Da ich gewiß hoffe, gut, so konnte ich wohl so spät fragen. Wie befindet sich Deine Familie? Was macht Streinsberg?[126] – Schreibe mir das alles ja recht bald. Mir ging es sonst ziemlich gut, wenn mich nicht die schändliche Geschichte mit der Oper so kränkte[127]. Mit Vogl habe ich, da er nun vom Theater weg ist[128], u. ich also in dieser Hinsicht nicht mehr genirt bin, wieder angebunden. Ich glaube sogar mit ihm oder nach ihm diesen Sommer wieder hinauf zu kommen; worauf ich mich recht freue, indem ich Dich und Deine Freunde wiedersehen werde. – Unser Zusammenleben in Wien ist jetzt recht angenehm, wir halten bey Schober wöchentlich 3 mahl Lesungen, u. eine Schubertiade[129], wobey auch Bruchmann erscheint. Und nun, lieber Spaun, lebe recht wohl. Schreibe mir ja recht bald u. recht viel, um die unausgefüllte Leere, welche mir deine Abwesenheit im̄er machen wird, einigermaßen zu tilgen. – Grüße mir alle Deine Brüder, auch Deine Frau Schwester u. Ottenwalt recht herzlich, so wie Streinsberger und andere mehr etc.

Dein treuer Freund

Franz Schubert.

Die Adresse mache in die Roßau in das Schulhaus, Grünthorgasse, indem ich jetzt da wohne[130].

An Leopold v. Sonnleithner

Lieber H. v. Sonnleithner![131]

Sie wissen selbst, wie es mit der Aufnahme der spätern Quartetten[132] stand; die Leute haben es genug. Es könnte mir freylich vielleicht gelingen, eine neue Form zu erfinden, doch kann man auf so etwas nicht sicher rechnen. Da mir aber mein künftiges Schicksal doch etwas am Herzen liegt, so werden Sie, der Sie auch daran Theil zu nehmen mir schmeichle, wohl selbst gestehen müssen, dß ich mit Sicherheit vorwärts gehen muß, u. keineswegs mich der so ehrenvollen Aufforderung unterziehen kann; es müßte denn seyn, dß der löbl. Gesellschaft mit der Romance aus der Zauberharfe[133] von *Jäger*[134] vorgetragen, gedient wäre, dann würde sich beruhigt fühlen

Ihr

Ergebenster

Frz. Schubert.

An Josef Peitl (?)

Werthester H. v. Bäutel![135]

Da ich fürs ganze Orchester eigentlich nichts besitze,

welches ich mit ruhigen Gewissen in die Welt hinaus schicken könnte, und so viele Stücke von großen Meistern vorhanden sind, z. B. von Beethoven: Ouverture aus Prometheus, Egmont, Coriolan etc. etc. etc. so muß ich Sie recht herzlich um Verzeihung bitten, Ihnen bey dieser Gelegenheit – nicht dienen zu können, indem es mir nachtheilig seyn müßte [,] mit etwas Mittelmäßigen aufzutreten. Verzeihen Sie daher meiner zu schnellen u. unbedachten Zusage.

Ihr Ergebenster

Frz. Schubert.

An Bruder Ferdinand

Lieber Bruder![136]

Da ich wegen gestriger Lumperey heut marodig war, so hab ich an dem Offertorium nichts gemacht, es wird also nicht fertig. Auch ist Anselm Hüttenbrenner hier, mit dem ich mich heute abends um 6 Uhr bestellt habe. Hättest du vielleicht Lust mit uns zu seyn, so komme in die Wipplinger Straße zu Fr. v. Sansouci[137], wo ich ehe gewohnt habe, u. frage Dich etwa herunten im Tabackgewölb an um 6 Uhr. Wo nicht, so sehen wir uns Morgen beym Kreutz.

Franz.

An Antonio Diabelli

Wien den 21. Feb. 1823.

H. v. Diabelli[138]

Hier überschicke ich das Quartett samt Klavier-Be-

gleitung[139]. Die Erscheinung der 2 Hefte Walzer[140] etc. hat mich etwas befremdet, indem sie nicht ganz der Abrede gemäß erschienen sind. Eine angemessene Vergütung wäre ganz an seinem Platz.
Übrigens bitte [ich] Sie, mir die Rechnung der 3 letzten Hefte[141] gütigst einsehen zu lassen, indem ich abzuschließen gedenke, u. sie Ihnen, wenn sie wollen gegen 300 fl W. W. als Eigenthum überlasse.
Auch bitte ich Sie noch um einige Exemplare von der Fantasie.[142]

Franz Schubert.

An Ignaz v. Mosel

Hochwohlgeborner Herr Hofrath![143]

Verzeihen, daß ich schon wieder mit einem Schreiben lästig fallen muß, da meine Gesundheitsumstände mir noch immer nicht erlauben, außer Haus zu gehen.
Ich habe die Ehre, Euer Hochwohlgeb. nun den 3ten und letzten Akt meiner Oper[144] samt der Ouverture zum 1ten Akt zu senden, mit der Bitte, mir dann Hochderselben Meinung darüber gütigst mitzuteilen. Sollte ich bis dahin noch nicht das Glück haben können, Euer Hochwohlgeb. selbst zu besuchen, so bitte ich nur, mir gefälligst anzeigen zu lassen, wann ich Hochderselben Urtheil sammt der ganzen Oper abhohlen lassen kann. Dürfte ich Hochdieselben vielleicht an Ihr so gütiges Versprechen erinnern, selbe mit einem wohlwollenden Schreiben an *Weber*[145] zu begleiten, so wage ich es sogar, wenn Euer Hochwohlgeb. nicht ungehal-

ten darüber sind, zu bitten, meine Oper mit einem ähnlichen Schreiben an Freyherrn von Könneritz[146], der nach Weber's Nachricht die Leitung des Dresdner Theaters führt, gütigst vermehren u. mir übersenden zu wollen.
Und nun, da ich Euer Hochwohlgeb. schon mit so vielen Bitten belästige, so füge ich in Gottes Nahmen ganz dehmütig noch die letzte hinzu: Ob Hochdieselben nicht so gütig seyn wollten, mir Ihr meiner Wenigkeit zugedachtes Opernbuch indessen zukommen zu lassen, indem ich heilig versichere, es getreulich zu bewahren und ja Niemanden auch nur sehen zu lassen.

Mit größter Hochachtung
Euer Hochwohlgeboren
Wien, den 28. Febr. 1823.
Ergebenster Diener
Franz Schubert.

An Cappi und Diabelli

[10. April 1823]

Euer Wohlgeboren[147]

haben mich durch Ihr Schreiben wirklich überrascht, indem ich nach dem eigenen Ausspruch des H. v. Cappi die Rechnung gänzlich abgeschlossen wähnte. Da ich zwar schon durch das frühere Verfahren bey Herausgabe der Walzer nicht die allerredlichste Absicht meiner Verleger bemerkte, so konnte ich mir dieses zweyte Benehmen auch erklären, woraus Sie sich, meine Herren, wieder sehr natürlich erklären können werden, warum ich mit einem andern Kunsthändler in ein dauerndes Verhältniß getreten bin. Nicht begreif ich übrigens die Angabe einer Schuld von 150 fl W. W., indem die Copiatur der Oper[148] nach Ihrem Ausspruche nur auf 100 fl W. W. sich belief. Doch dem sey, wie es wolle, so glaub ich, daß der so äußerst geringe Verkauf [spreis] der früheren Sachen, sowie jener der Fantaisie zu 50 fl W. W. jene mir ungerecht auferlegte Schuld längst getilgt hat. Indem ich aber sehr zweifle, daß Sie diese zu menschliche Gesinnung hegen, so mache ich Sie höflichst aufmerksam, daß ich die gerechte Forderung von 20 Exemplare der letzteren und von 12 der früheren Hefte zu machen habe, und die noch gerechtere der 50 fl., welche Sie mir wirklich auf eine *gar feine* Art zu entlocken wußten. Rechnen Sie dieses gütigst zusammen, und Sie werden finden, daß meine Forderung nicht nur die größere, sondern auch die gerechtere ist, welche ich aber dennoch nicht gemacht haben würde, wenn Sie mich nicht so unangenehm daran erinnert hätten. Da die Schuld, wie Sie gefälligst einsehen werden, auf diese Weise schon längst getilgt war, so kann also auch von Herausgabe von Liedern ganz und gar keine Rede seyn, welche Sie abermahls nicht wohlfeil genug taxieren konnten, indem ich gegenwärtig für ein Heft 200 fl. W. W. bekomme und mir H. v. Steiner[149] schon mehrere Mahle den Antrag zur Herausgabe meiniger Werke machen ließ. Zum Schlusse muß ich Sie noch ersuchen, mir meine sämmtlichen Manuscripte sowohl der gestochenen als der ungestochenen Werke gefälligst zu senden[150].

Mit Achtung

Frz. Schubert
Compositeur.

den 10. April 1823.

N.B. Ich bitte um genaue Rechnung der mir verabfolgten Exemplare seit unserm ersten Verkaufs Abschluß, indem ich finde, daß meine Rechnung die Ihrige bey weitem übersteigt.

Mein Gebet.

Tiefer Sehnsucht heil'ges Bangen
Will in schön're Welten langen;
Möchte füllen dunklen Raum
Mit allmächt'gem Liebestraum.
Großer Vater! reich' dem Sohne,
Tiefer Schmerzen nun zum Lohne,
Endlich als Erlösungsmahl
Deiner Liebe ew'gen Strahl.
Sieh, vernichtet liegt im Staube,
Unerhörtem Gram zum Raube,
Meines Lebens Martergang
Nahend ew'gem Untergang.
Tödt' es und mich selber tödte,
Stürz' nun Alles in die Lethe,
Und ein reines kräft'ges Sein
Lass', o Großer, dann gedeih'n.

8. Mai 1823. Frz. Schubert.

An Schober

Steyer[151], den 14. August 1823.

Lieber Schober!

Obwohl ich etwas spät schreibe, so hoffe ich doch, daß Dich dies Schreiben noch in Wien trifft[152]. Ich korrespondiere fleißig mit Schäffer[153] und befinde mich ziemlich wohl. Ob ich je wieder ganz gesund werde, bezweifle ich fast. Ich lebe hier in jeder Hinsicht sehr einfach, gehe fleißig spazieren, schreibe viel an meiner Oper[154] und lese Walter Scott[155].

Mit Vogl komme ich recht gut aus. Wir waren miteinander in Linz, wo er recht viel und recht schön sang. Bruchmann[156], Sturm[157] und Streinsberg[158] besuchten uns vor einigen Tagen in Steyr und wurden ebenfalls mit einer vollen Ladung Lieder entlassen. Da ich Dich schwerlich vor Deiner Rückreise noch sehen werde, so wünsche ich Dir nochmals alles Glück zu Deinem Unternehmen, und versichere Dich meiner ewig währenden Liebe, die Dich auf das Schmerzlichste vermissen wird. Laß', wo Du auch seyst, von Zeit zu Zeit etwas von Dir hören

Deinem Freunde
Franz Schubert.

Kupelwieser, Schwind, Mohn[159] etc., etc., an die bereits auch geschrieben ist, grüße ich alle herzlich

Meine Adresse:
Stadt Steyer, abzugeben
am Platz bey H. v. Vogl.[160]

An den Steiermärk. Musikverein

[20. September 1823]

Löblicher Musikverein![161]

Für das mir gütigst übersendete Ehren-Mitglieds-*Diplom*, welches ich wegen langer Abwesenheit von Wien erst vor einigen Tagen erhielt, danke ich verbindlichst.
Möchte es meinem Eifer für die Tonkunst gelingen, dieser Auszeichnung einst vollends würdig zu werden. Um auch in Tönen meinen lebhaften Dank auszudrükken, werde ich mir die Freyheit nehmen, dem *löblichen Verein* ehestens eine meiner *Sinfonien* in Partitur zu überreichen.

Mit ausgezeichneter Hochachtung
Eines löblichen Vereines
dankergebenster bereitwilligster Diener

Wien am 20t 7.br 1823 Franz Schubert.

An Schober

Wien den 30. Nov. 1823

Lieber Schober!

Mich drängt es schon einige Zeit, Dir zu schreiben, aber immer konnt' ich nicht dazu kommen. Du weist schon wie das geht.
Vor allem muß ich Dir ein Lamento über den Zustand unserer Gesellschaft wie über alle übrigen Verhältnisse ankündigen; denn außer meinen Gesundheitsumständen, die sich (Gott sey Dank) nun endlich ganz fest zu stellen scheinen, geht alles miserabel. Unsere Gesell-

schaft hat durch dich, wie ich es wohl voraussah, seinen Anhaltspunkt verloren. Bruchmann[162], von seiner Reise zurückgekom̄en, ist nicht mehr der, der er war. Er scheint sich in die Formen der Welt zu schmiegen, u. schon dadurch verliert er seinen Nimbus, der meines Erachtens nur in diesem beharrlichen Hintanhalten aller Weltgeschäfte bestand. Kupelwieser ist, wie du vermuthlich schon weißt, nach Rom (ist aber mit seinem Russen nicht sonderlich zufrieden)[163]. Was an den übrigen ist, weißt Du besser als ich. Als Ersatz für Dich u. Kupelwieser bekamen wir zwar 4 Individuen, nähmlich: Den ungarischen Mayr[164], dann Hönig[165], Smetana[166] u. Steiger[167], doch die Mehrzahl *solcher* Individuen machen die Gesellschaft nur unbedeutender statt tüchtiger. Was soll uns eine Reihe von ganz gewöhnlichen Studenten u. Beamten? Ist nun Bruchmann nicht da, oder vollends krank, so hört man Stundenlang unter der obersten Leitung des Mohns nichts anders als ewig von Reiten u. Fechten, von Pferden u. Hunden reden. Wenn es so fortgeht, so werd ichs vermuthlich nicht lange unter ihnen aushalten. –

Mit meinen 2 Opern[168] steht es ebenfalls sehr schlecht. Kupelwieser ist vom Theater plötzlich weggegangen[169]. Weber's Euryanthe[170] fiel schlecht aus u. wurde nach meiner Meinung mit Recht nicht gut aufgenom̄en. Diese Umstände u. eine neue Trennung zwischen Palfy[171] u. Barbaja[172] lassen mich beynahe nichts für meine Oper hoffen. Übrigens wäre es auch wirklich

kein Glück, indem jetzt alles unbeschreiblich schlecht gegeben wird. –
Vogl ist hier, u. hat einmahl bey Bruchmann[173] u. einmahl bey Witzeck[174] gesungen. Er beschäftigt sich fast ausschließend mit meinen Liedern. Schreibt sich selber die Singstimmen heraus u. lebt so zu sagen, davon. Er ist daher gegen mich äußerst manierlich u. folgsam. Und nun laß von Dir was hören. Wie geht es Dir? Bist Du schon vor der Welt Augen erschienen?
Ich bitte Dich, laß ja recht bald von Dir mich was erfahren, und fülle die Sehnsucht nach Dir nur einigermaßen aus, indem Du mir schreibst, wie Du lebst u. webst. – Ich habe seit der Oper nichts componirt, als ein paar Müllerlieder[175]. Die Müllerlieder werden in 4 Heften erscheinen[176], mit Vignetten von Schwind. – Übrigens hoffe ich meine Gesundheit wieder zu erringen[177], und dieses wiedergefundene Gut wird mich so manches Leiden vergessen machen, nur Dich, lieber Schober, Dich werd ich nie vergessen, denn was Du mir warst, kann mir leider niemand anderer seyn.
Und nun lebe recht wohl, und vergesse nicht

Deines Dich ewig liebenden

Freundes

Franz Schubert.

Meine Adresse:
Stubenthor-Bastey[178]
Nr. 1187 im
ersten Stock

Eintragungen[179]

25. März. 1824.

Schmerz schärfet den Verstand und stärket das Gemüth; da hingegen Freude sich um *jenen* selten bekümmert, und *dieses* verweichlicht oder frivol macht.

Aus dem tiefsten Grunde meines Herzens hasse ich jene Einseitigkeit, welche so viele Elende glauben macht, daß nur eben das, was *sie* treiben, das Beste sey, alles Übrige aber sey nichts. *Eine* Schönheit soll den Menschen durch das ganze Leben begeistern, wahr ist es; doch soll der Schimmer dieser Begeisterung alles Andere erhellen.

27. März.

Keiner, der den Schmerz des Andern, und Keiner, der die Freude des Andern versteht! Man glaubt immer, zu einander zu gehen, und man geht immer nur neben einander. O Qual für den, der dieß erkennt!

Meine Erzeugnisse sind durch den Verstand für Musik und durch meinen Schmerz vorhanden; jene, welche der Schmerz allein erzeugt hat, scheinen am wenigsten die Welt zu erfreuen.

28. März.

Die höchste Begeisterung hat zum ganz Lächerlichen nur einen Schritt, so wie die tiefste Weisheit zur grassen Dummheit.

Mit dem Glauben tritt der Mensch in die Welt, er kommt vor Verstand und Kenntnissen weit voraus;

denn um etwas zu verstehen, muß ich vorher etwas glauben; er ist die höhere Basis, auf welche der schwache Verstand seinen ersten Beweispfeiler aufpflanzt.
Verstand ist nichts als ein analysirter Glaube.

29. März.
O Phantasie! du höchstes Kleinod des Menschen, du unerschöpflicher Quell, aus dem sowohl Künstler als Gelehrte trinken! O bleibe noch bey uns, wenn auch von Wenigen nur anerkannt und verehrt, um uns vor jener sogenannten Aufklärung, jenem häßlichen Gerippe ohne Fleisch und Blut, zu bewahren!

Um 2 Uhr nachts

Beneidenswerther Nero! Der du so stark warst, bei Saitenspiel und Gesang ekles Volk zu verderben!

An Leopold Kupelwieser

Den 31. März 1824.

Lieber Kupelwieser![180]

Schon längst drängt' es mich Dir zu schreiben, doch niemahls wußte ich wo aus wo ein. Doch nun beut sich mir die Gelegenheit durch Smirsch[181], u. ich kann endlich wieder einmahl jemandem meine Seele ganz ausschütten. Du bist ja so gut, u. bieder, Du wirst mir gewiß manches verzeihen, was mir andere sehr übel nehmen würden. – Mit einem Wort, ich fühle mich als den unglücklichsten, elendsten Menschen auf der Welt. Denk Dir einen Menschen, dessen Gesundheit nie mehr richtig werden will, u. der aus Verzweiflung darüber die Sache im̄er schlechter statt besser macht, denke Dir einen Menschen, sage ich, dessen glänzendste Hoffnungen zu Nichte geworden sind, dem das Glück der Liebe u. Freundschaft nichts biethen als höchstens Schmerz, dem Begeisterung (wenigstens anregende) für das Schöne zu schwinden droht, und frage Dich, ob das nicht ein elender, unglücklicher Mensch ist? – »*Meine Ruh ist hin, mein Herz ist schwer, ich finde sie nim̄er und nim̄er mehr*«[182], so kann ich wohl jetzt alle Tage singen, denn jede Nacht, wen̄ ich schlafen geh, hoff ich nicht mehr zu erwachen, u. jeder Morgen kündet mir nur den gestrigen Gram. So Freude- u. Freundelos verbringe ich meine Tage, wenn nicht manchmahl Schwind mich besuchte u. mir einen Strahl jener vergangenen süßen Tage zuwendete. – Unsere Gesellschaft (Lesegesellschaft) hat sich, wie Du wohl schon wissen wirst, wegen Verstärkung des rohen Chors im Biertrinken u. Würstelessen den Tod gegeben, denn ihre Auflösung erfolgt in 2 Tagen, obwohl ich schon beynahe seit Deiner Abreise sie nicht mehr besuchte. Leidesdorf[183], mit dem ich recht genau bekan̄t geworden bin, ist zwar ein wirklich tiefer u. guter Mensch, doch von so großer Melancholie, dß ich beynahe fürchte, von ihm mehr als zuviel in dieser Hinsicht profitirt zu haben; auch geht es mit meinen und seinen Sachen schlecht, daher wir nie Geld haben. Die Oper von Deinem Bruder (der nicht sehr wohl that, dß er vom Theater wegging) wurde für unbrauchbar erklärt, u. mithin meine

Musik nicht in Ansprache genom̄en[184]. Die Oper von Castelli[185], *Die Verschwornen,* ist in Berlin von einem dortigen Compositeur componiert, mit Beyfall aufgenom̄en worden. Auf diese Art hätte ich also wieder zwey Opern umsonst komponirt. In Liedern habe ich wenig Neues gemacht, dagegen versuchte ich mich in mehreren Instrumentalsachen, denn ich componirte 2 Quartetten für Violinen, Viola u. Violoncelle u. ein Octett, u. will noch ein Quartetto schreiben, überhaupt will ich mir auf diese Art den Weg zur großen Sinfonie bahnen.[186] – Das Neueste in Wien ist, dß Beethoven ein Concert gibt, in welchem er seine neue Sinfonie, 3 Stücke aus der neuen Messe, u. eine neue Ouverture produciren läßt.[187] – Wen̄ Gott will, so bin auch ich geson̄en, künftiges Jahr ein ähnliches Concert zu geben. Ich schließe jetzt, damit ich nicht zu viel Papier brauche, u. küsse Dich 1000 mahl. Wenn Du mir über Deine jetzige begeisterte Stim̄ung u. über Dein sonstiges Leben schreiben würdest, so freute nichts mehr

Deinen
treuen Freund
Frz. Schubert.

Meine Adresse wäre dann:
An die Kunsthandlung:[188]
Sauer et Leidesdorf, weil ich
Anfangs May mit Esterhazy
nach Ungarn gehe.

Lebe wohl!
recht wohl!!

An Bruder Ferdinand

Zeléz, den 16. (oder 17) bis 18. July 1824[189]

Geliebtester Bruder!

Daß es mich wirklich etwas kränkte, daß ich sowohl von Haus als auch von Dir erst so spät ein Schreiben bekam, kannst Du mir aufs Wort glauben. Auch Leidesdorf läßt nichts von sich hören; ich habe ihm doch auch geschrieben[190]. Sey doch so gut, u. sieh ein wenig nach bey ihm in der Kunsthandlung, er möchte mir doch schicken, um was ich geschrieben habe*. Auch kannst Du Dich um die Herausgabe des 3ten Hefts der Müllerlieder erkundigen, in der Zeitung sehe ich nichts. Über Deine Quartetten-Gesellschaft wundere ich mich umsomehr, da Du den *Ignaz!!!*[191] dazu zu bewegen vermochtest. Aber besser wird es seyn, wenn Ihr Euch an andere Quartetten als die meinigen haltet, denn es ist nichts daran, außer daß sie vielleicht Dir gefallen, dem alles von mir gefällt. Die Erinnerung an mich, ist mir noch das Liebste dabey, besonders da sie Dich nicht so zu ergreifen scheinen als die *Walzer* bey der ungarischen Krone[192]. War es bloß der Schmerz über meine Abwesenheit, der Dir Thränen entlockte, die Du Dir nicht zu schreiben getrautest? Oder fühltest Du beym Andenken an meine Person, die von ewig unbegreiflicher Sehnsucht gedrückt ist, auch um Dich ihren trüben Schleier gehüllt? Oder kamen Dir alle die Thränen, die Du mich schon weinen sahst, ins Gedächtniß?

---

* Du mußt recht in Ihn dringen, denn er ist etwas lässiger Natur. [Fußnote Schuberts]

Dem sey nun, wie es wolle, ich fühle es in diesem Augenblicke deutlicher, Du oder Niemand bist mein innigster, mit jeder Faser meiner Seele verbundener Freund! – Damit Dich diese Zeilen nicht vielleicht verführen, zu glauben, ich sey nicht wohl, oder nicht heiteren Gemüthes, so beeile ich mich, Dich des Gegentheils zu versichern. Freylich ists nicht mehr jene glückliche Zeit, in der uns jeder Gegenstand mit einer jugendlichen Glorie umgeben scheint, sondern jenes fatale Erkennen einer miserablen Wirklichkeit, die ich mir durch meine Phantasie (Gott sey's gedankt) so viel als möglich zu verschönern suche. Man glaubt an dem Orte, wo man einst[193] glücklicher war, hänge das Glück, indem es doch nur in uns selbst ist, u. so erfuhr ich zwar eine unangenehme Täuschung u. sah eine schon in Steyer[194] gemachte Erfahrung hier erneut, doch bin ich jetzt mehr im Stande Glück u. Ruhe in mir selbst zu finden als damals. – Als Beweis dessen werden Dir eine große Sonate u. Variationen über ein selbst erfundenes Thema, beydes zu 4 Hände, welche ich bereits componirt habe, dienen. Die Variationen erfreuen sich eines ganz besonderen Beyfalls.[195] Über die dem Mohn[196] übergebenen Lieder tröste ich mich, da nur einige davon mir *gut* erscheinen, als: *die bey dem Geheimniß enthaltenen*, Wanderers Nachtlied, u. der *entsühnte* nicht aber *entführte* Orest[197], über welchen Irrthum ich sehr lachen mußte. Suche wenigstens diese benannten sobald als möglich zurück zu bekommen.

Äußerte Kupelwieser nicht, was er mit der Oper[198] zu thun gesonnen sey? oder wohin er sie schicke?? — —
Die Quintetten (nicht Quartetten) des Stockesels Hugelthier[199] sind aus Versehen mit mir gewandert, u. er soll sie bey Gott! nicht eher wieder erhalten, bis er sich durch eine schriftliche oder mündliche Abbitte seiner gemeinen Grobheiten entledigt hat. Wenn sich überdieß eine Gelegenheit zu einer derben Putzung dieser ungeputzten Sau ergiebt, werde ich nicht ermangeln, selbe ihm in tüchtiger Dosis zu ertheilen. Doch genug von diesem Elenden! —
Daß Du Dich recht wohl befindest, freut mich um so mehr, als ich hoffe, daß ich selbiges Wohlbefinden mit dem meinigen kommenden Winter *kräftiglichst* genießen werde.
Grüße mir Ältern, Geschwister und Freunde innigst! Du sey mir 1000 mahl geküßt sowie Deine gute Frau u. Kinder. Schreibe sobald wie möglich, u. lebe recht, recht wohl!!!
N.B. Was macht *Karl* und *Ignaz?* sie sollen mir doch schreiben.

Mit ewiger Liebe
Dein Bruder Franz.

NB. *Hat die Resi die Welt mit einem neuen Bürger vielleicht schon beglückt???*[200]

An Helmine v. Chézy[201]

Euer Wohlgeboren!

Überzeugt von dem Werthe der *Rosamunde* von dem

Augenblick an, als ich sie gelesen hatte, bin ich sehr erfreut, daß E. W. einige unbedeutende Mängel, welche nur ein mißgünstiges Publikum so auffallend rügen konnte, gewiß auf die vortheilhafteste Art zu heben unternom̄en haben, und rechne mir's zur besonderen Ehre, mit einem umgearbeiteten Exemplar bekan̄t zu werden. Was den Preis der Musik betrifft, so glaube ich ihn nicht unter 100 fl. C. M. bestim̄en zu können, ohne ihr selber zu schaden. Sollte er aber dennoch zu hoch seyn, so würde ich E. W. bitten, selben, doch ohne zu großer Entfernung von der angegebenen Sum̄e, selbst zu bestim̄en, und dessen Überlieferung in meiner Abwesenheit unter beygefügter *Addresse* zu befördern ersuchen. Mit größter Hochachtung

Zeléz, den 5. Aug. 1824 — Ihr Ergebenster Frz. Schubert.

Adresse: Franz Schubert, Schullehrer in der Rossau im Schulhause[202] in Wien.

An Moritz v. Schwind

Zeléz, den[203] August 1824.

Lieber Swind![204]

Endlich ein Brief von Schubert, wirst Du sagen, nach 3 Monathen! – Es ist wahr, es ist schon hübsch lang, aber da mein Leben hier so einfach als möglich ist, so habe ich wenig Stoff Dir oder den Übrigen etwas zu schreiben. Und wenn mich nicht so sehr verlangte, zu wissen, wie es Dir u. den andern nähern Freunden geht, insonderheit aber wie es um Schober u. Kupelwieser stünde, würde ich, verzeih mir's, vielleicht noch nicht geschrieben haben. Wie gedeiht Schober's Unternehmen?[205] Ist Kupelwieser in Wien oder noch in Rom? Hält die Lesegesellschaft noch zusam̄en oder ist sie, wie zu vermuthen, nun gänzlich aufgelöset? Was machst Du??? — — — Ich bin noch immer Gottlob gesund u. würde mich hier recht wohl befinden, hätt' ich Dich, Schober u. Kupelwieser bey mir, so aber verspüre ich trotz des anziehenden bewußten *Sternes*[206] manchmahl eine verfluchte Sehnsucht nach Wien. Mit Ende Septemb. hoffe ich Dich wieder zu sehn. Ich habe eine große Sonate u. Variationen zu 4 Hände componirt[207], welche letztere sich eines besondern Beyfalls hier erfreuen, da ich aber dem Geschmack der Ungarn nicht ganz traue, so überlasse ich's Dir, u. den Wienern darüber zu entscheiden. — Wie geht es Leidesdorf[208]? Geht's vorwärts oder gehn dem Hund die Haar' aus? Ich bitte Dich beantworte mir alle diese Fragen aufs genaueste u. so bald als möglich. Du glaubst nicht, wie ich mich nach einem Schreiben von Dir sehne. Und da von Dir so viel über unsere Freunde über Wien u. tausend andere Sachen zu erfahren ist, von mir aber nichts, so hätte es Dir nicht geschadet, wenn Du mir einiges mitgetheilt hättest, wenn Du anders meine Adresse wußtest. Vor allen andern, lege ich Dir auf's Gewissen, den Leidesdorf *scandaleuse* auszumachen, indem er auf meinen Brief weder eine Antwort noch das Verlangte überschickte. Was soll das heißen? zum Teufel hinein! Mit den Müllerliedern gehts auch so langsam, alle 4^{tel} Jahr wird ein Heft *gezöt't*[209]. Und nun lebe wohl u. grüße mir, wen Du beyläufig glaubst, u. (ich sage Dir's) schreibe mir ja bald, sonst soll Dich — — —

Dein

treuer Freund
Frz. Schubert.

Meine Adresse:
Zeléz in Ungarn
über Raab u. Torock
beym Grafen Joh. Esterhazy v. Galantha.

An Schober

Den 21. Sept. 1824

Lieber Schober![210]

Ich höre, Du bist nicht glücklich? mußt den Taumel Deiner Verzweiflung ausschlafen? So schrieb mir Swind. Obwohl mich dieß außerordentlich betrübt, so wundert's mich doch gar nicht, da dieß beynahe das Loos jedes verständigen Menschen ist in dieser miserablen Welt. Und was sollten wir auch mit dem Glück anfangen, da Unglück noch der einzige Reitz ist, der uns übrig bleibt. Wären wir nur beysammen, Du, Swind, Kuppel u. ich, es sollte mir jedes Mißgeschick nur leichte Waare seyn, so aber sind wir getrennt, jeder in einem andern Winkel, und *das* ist eigentlich mein Unglück. Ich möchte mit Göthe ausrufen: »Wer bringt nur eine Stunde jener holden Zeit zurück!«[211] Jener Zeit, wo wir traulich beyeinander saßen, und jeder seine Kunstkinder den andern mit mütterlicher Scheu[212] aufdeckte, das Urtheil welches Liebe und Wahrheit aussprechen würden, nicht ohne einige Sorgen erwartend; jener Zeit, wo einer den andern begeisterte, u. so ein vereintes Streben nach dem Schönsten alle beseelte. Nun sitz ich allein hier im tiefen Ungarlande [,] in das ich mich leider zum 2ten Mahle locken ließ, ohne auch nur *einen* Menschen zu haben, mit dem ich ein gescheidtes Wort reden könnte. Ich habe seit der Zeit, daß Du weg bist, beynahe gar keine Lieder componirt, aber mich in einigen Instrumental-Sachen versucht. Was mit meinen Opern geschehen wird, weiß der Him̄el! Ungeachtet ich nun seit 5 Monathen gesund bin, so ist meine Heiterkeit doch oft getrübt durch Deine und Kuppels Abwesenheit, und verlebe manchmahl sehr elende Tage; in einer dieser trüben Stunden, wo mir [ich] besonders das Thatenlose unbedeutende Leben, welches unsere Zeit bezeichnet, sehr schmerzlich fühlte, entwischte mir folgendes Gedicht, welches ich nur darum mitteile, weil ich weiß, daß Du selbst meine Schwächen mit Liebe u. Schonung rügst:

Klage an das Volk!

O Jugend unsrer Zeit, Du bist dahin!
Die Kraft zahllosen Volks, sie ist vergeudet,
Nicht *einer* von der Meng' sich unterscheidet,
Und nichtsbedeutend all' vorüberzieh'n.

Zu großer Schmerz, der mächtig mich verzehrt,
Und nur als Letztes jener Kraft mir bleibet;
Denn thatlos mich auch diese Zeit zerstäubet,
Die jedem Großes zu vollbringen wehrt.

Im siechen Alter schleicht das Volk einher,
Die Thaten seiner Jugend wähnt es Träume,
Ja spottet thöricht jener gold'nen Reime,
Nichtsachtend ihren kräft'gen Inhalt mehr.

Nur Dir, o heil'ge Kunst, ist's noch gegönnt
Im Bild die Zeit der Kraft u. That zu schildern,
Um weniges den großen Schmerz zu mildern,
Der nim̄er mit dem Schicksal sie versöhnt.

Mit Leidesdorf geht es bis dato schlecht, er kann nicht zahlen, auch kauft kein Mensch etwas, weder meinige, noch andere Sachen außer miserable Mode-Waare.
Ich habe Dich nun so ziemlich bekannt mit meiner jetzigen Lage gemacht, u. ich erwarte mit Sehnsucht die Deinige sobald als möglich zu erfahren. Das Liebste wäre mir, wenn Du wieder nach Wien kämest. Daß Du gesund bist, zweifle ich nicht.
Und nun lebe recht wohl, und schreibe mir ja sobald als möglich.

Dein
Schubert.
Adieu!!!

Meine Adresse:
Zeléz in Ungarn,
über Raab u. Torock
beym Grafen Joh. Esterhazy

An Goethe

[Juni 1825]

Euer Exzellenz![213]

Wenn es mir gelingen sollte, durch die Widmung dieser Composition Ihrer Gedichte meine unbegränzte Verehrung gegen E. Exellenz an den Tag legen zu können, und vielleicht einige Beachtung für meine Unbedeutenheit zu gewinnen, so würde ich den günstigen Erfolg dieses Wunsches als das schönste Ereigniß meines Lebens preisen.

Mit größter Hochachtung

Ihr Ergebenster Diener

Franz Schubert.

An Spaun

Linz, den 21. Juli 1825.[214]

Lieber Spaun!

Du kanst Dir denken, wie sehr mich das ärgern muß, daß ich in Linz an Dich einen Brief schreiben muß nach Lemberg!!![215] Hohl der Teufel die infame Pflicht, die Freunde grausam auseinander reißt, wenn sie kaum aus dem Kölch der Freundschaft genippt haben. Da sitz ich in Linz, schwitze mich halbtodt in dieser schändlichen Hitz, habe ein ganzes Heft neuer Lieder, und Du bist nicht da! Schämst Dich nicht? Linz ist ohne Dich wie ein Leib ohne Seele oder wie ein Reiter ohne Kopf wie eine Suppe ohne Salz. Wenn nicht der Jägermeyr ein so gutes Bier hätte, u. auf dem Schloßberg ein passabler Wein zu haben wäre, so müßte ich mich auf der Promenade aufhängen, mit der Überschrift: *Aus Schmerz über die entflohene Linzer-Seele!* Du siehst, daß ich ordentlich ungerecht werde gegen das übrige Linzthum, indem ich doch in Deiner Mutter Hause, in der Mitte Deiner Schwester, des Ottenwald u. Max[216] recht vergnüglich bin, und aus den Leibern manches noch anderen Linzers Dein Geist herauszublitzen scheint. Nur fürcht ich, wird dieser Geist nach u. nach verblitzen, und da möchte man dann vor Unmuth zerplatzen. Ueberhaupt ist es ein wahres Elend, wie jetzt überall alles zur faden Prosa sich verknöchert, wie die meisten Leute dabei ruhig zusehen oder sich gar wohl dabei befinden, wie sie ganz gemächlich über den Schlam̄ in den Abgrund glitschen. Aufwärts geht's freilich schwerer; und doch wäre dieses Gesindel leicht zu Paaren zu treiben, wenn nur von *oben* aus etwas geschähe. Uibrigens laß Dir kein graues Haar wachsen, daß Du so weit von uns bist, biethe dem einfältigen Schicksal Trotz, und ihm zum Hohne laß Dein reiches Gemüth wie einen Blumengarten erblühen, auf daß Du in dem kalten Norden Wärme des Lebens verbreiten u. Deine göttliche Abkunft beurkunden mögest. Niederträchtig ist die Trauer, welche ein edles Herz beschleicht, wirf sie von Dir, und zertritt den Geyer, eh er sich in Deine Seele frißt.

Von Schober[217] hat man einige sehr sonderbare, beinahe komische Notitzen erhalten, für's erste las ich in der Wiener-Theaterzeitung von einer *pseudonymen Torupsohn???* Was soll das bedeuten? Er wird doch nicht geheurathet haben? Das wäre doch einigermaßen lustig – fürs zweite soll die Casperl-Rolle in der travestirten Aline seine Fors-Rolle seyn. Ein ziemlich tiefer Fall von der Höhe seiner Plane u. Erwartungen! Und endlich drittens, daß er nach Wien zurückkom̄en soll? Nun frag ich, was wird er da machen? Indessen freue ich mich doch sehr auf ihn, ich hoffe, er wird wieder ein etwas lebendigeres u. gescheidteres Wesen in die zwar sehr zusam̄engeschmolzene Gesellschaft hinein bringen. Ich bin seit 20. May in Oberösterreich, u. ärgerte mich, als ich erfuhr, daß Du in ein paar Tage zuvor von Linz weggereist bist. Ich hätte Dich so gerne noch einmahl gesehen, eh Du Dich dem pohlnischen Teufel überliefert hast. In Steyer[218] hielt ich mich nur 14 Tage auf, worauf wir (Vogl u. ich) nach Gmunden gingen, wo wir 6 volle Wochen recht angenehm zubrachten. Wir waren bei Traweger[219] einloschirt, der ein prächtiges Pianoforte besitzt, u. wie du weißt, ein großer Verehrer meiner Wenigkeit ist. Ich lebte da sehr angenehm u. ungenirt. Bey Hofrath v. Schiller[220] wurde viel musicirt, unter andern auch einige von meinen neuen Liedern, aus Walter Scotts *Fräulein vom See*, von welchen besonders die *Hymne an Maria*[221] allgemein ansprach. Daß Du mit dem jungen Mozart[222] zusam̄en kommst, freut mich recht, grüße ihn von mir. Und nun lebe recht wohl! Mein lieber guter Spaun! Denke öfters an Deinen

aufrichtigen Freund
Franz Schubert.

NB. Schreibe mir doch nach Steyer.[223]

An die Eltern

Den 25. Juli 1825, Steyer.[224]

Theuerste Eltern!

Mit Recht verdiene ich den Vorwurf, den Sie mir über mein langes Stillschweigen machten, allein, da ich nicht gerne leere Worte schreibe und unsere gegenwärtige Zeit wenig Interessantes darbietet, so werden Sie mir's verzeihen, daß ich erst auf Ihr liebevolles Schreiben etwas von mir vernehmen lasse. Sehr freute mich das allerseitige Wohlbefinden, zu dem ich, der Allmächtige sei gepriesen, auch das meinige hinzufügen kann. Ich bin jetzt wieder in Steyer, war aber 6 Wochen in Gmunden, dessen Umgebungen wahrhaftig himmlisch sind, und mich, so wie ihre Einwohner, besonders der gute Traweger innigst rührten, und mir sehr wohl thaten[225]. Ich war bei Traweger wie zu Hause, höchst ungenirt. Bei nachheriger Anwesenheit des Hrn. Hofrath v. Schiller, der der Monarch des ganzen Salzkammergutes ist, speisten wir (Vogl und ich) täglich in seinem Hause, und musicirten sowohl da, als auch in Traweger's Hause sehr viel. Besonders machten meine neuen Lieder, aus Walter Scotts *Fräulein vom See*, sehr viel Glück. Auch wundert man sich sehr über meine Frömmigkeit, die ich in einer Hymne an die heil. Jungfrau ausgedrückt habe, und, wie es scheint, alle Gemüther ergreift und zur Andacht stimmt. Ich glaube, das kommt daher, weil ich mich zur Andacht nie forcire, und, außer wenn ich von ihr unwillkürlich übermannt werde, nie dergleichen Hymnen oder Gebete componire, dann aber ist sie auch gewöhnlich die rechte und wahre Andacht. Von Gmunden gingen wir über Puschberg[226], wo wir einige Bekannte antrafen, und uns einige Tage aufhielten, nach Linz, wo wir 8 Tage verweilten, die wir wechselweise in Linz selbst und in Steyereck[227] zubrachten. Zu Linz quartierte ich mich im Spaunischen Hause ein, wo man Spaun's (dessen, den Sie kennen) Versetzung nach Lemberg noch sehr betrauert. Ich las einige Briefe von ihm, die er von Lemberg geschrieben hatte, die sehr betrübt lauten, und merkliches Heimweh verrathen. Ich schrieb ihm nach Lemberg, lachte ihn über sein weibisches Benehmen sehr aus, wäre aber an seiner Stelle vermuthlich noch jammervoller, als er. In Steyereck kehrten wir bei der Gräfin Weißenwolf ein, die eine große Verehrerin meiner Wenigkeit ist, alle meine Sachen besitzt und auch manches recht hübsch singt. Die Walter Scott'schen Lieder machten einen so überaus günstigen Eindruck auf sie, daß sie sogar merken ließ, als wäre ihr die Dedication derselben nichts weniger als unangenehm[228]. Mit der Herausgabe dieser Lieder gedenke ich aber doch eine andere Manipulation zu machen, als die gewöhnliche, bei der gar so wenig herausschaut, indem sie den gefeierten Namen des Scott an der Stirne tragen, und auf diese Art mehr Neugierde erregen könnten, und mich bei Hinzufügung des englischen Textes auch in England bekannter machen würden. Wenn nur mit den — von Kunsthändlern etwas Honnetes zu machen wäre, aber dafür hat schon die weise und wohlthätige Einrichtung des Staates gesorgt, daß der Künstler ewig der Sclave jedes elenden Krämers bleibt.

Was den Brief der Milder[229] betrifft, so freute mich die günstige Aufnahme der Suleika sehr, obwohl ich wünschte, daß ich die Recension selbst zu Gesicht bekommen hätte, um zu sehen, ob nicht etwas daraus zu lernen sei; denn so günstig als auch das Urtheil sein mag, eben so lächerlich kann es zugleich sein, wenn es dem Recensenten am gehörigen Verstande fehlt, welches nicht gar so selten der Fall ist.

In Oberösterreich finde ich allenthalben meine Compositionen, besonders in den Klöstern Florian und Kremsmünster, wo ich mit Beihülfe eines braven Clavierspielers meine 4 händigen Variationen und Märsche mit günstigem Erfolge producirte. Besonders gefielen die Variationen aus meiner neuen Sonate zu 2 Händen[230], die ich allein und nicht ohne Glück vortrug, indem mich einige versicherten, daß die Tasten unter meinen Händen zu singenden Stimmen würden, welches, wenn es wahr ist, mich sehr freut, weil ich das vermaledeyte Hacken, welches auch ausgezeichneten Clavierspielern eigen ist, nicht ausstehen kann, indem es weder das Ohr noch das Gemüth ergötzt. Ich befinde mich gegenwärtig wieder in Steyer, und wenn Sie mich bald mit einem Schreiben beglücken wollen, so wird es mich noch hier treffen, indem wir nur 10 bis 14 Tage verweilen, und dann die Reise nach Gastein antreten, einer der berühmtesten Badeörter ungefähr

3 Tage von Steyer entfernt[231]. Auf diese Reise freue ich mich außerordentlich, indem ich dadurch die schönsten Gegenden kennen lerne, und wir auf der Rückreise das wegen seiner herrlichen Lage und Umgebungen berühmte Salzburg besuchen werden[232]. Da wir von dieser Reise erst halben September zurückkommen werden, und dann noch einmal nach Gmunden, Linz, Steyreck und Florian zu gehen versprochen haben, so dürfte ich wohl schwerlich vor Ende Oktober in Wien eintreffen. Uebrigens bitte ich, doch mein Quartier neben der Karlskirche[233] zu miethen, und gefälligst die 28 fl. W. W. indessen zu erlegen, die ich bei meiner Wiederkunft mit Dank zurück erstatten werde, weil ich es einmal versprochen habe, und es doch möglich wäre, daß ich früher eintreffe, als ich glaube. Das Wetter war hier den ganzen Juni und halben Juli sehr unstät, dann 14 Tage sehr heiß, daß ich ordentlich mager wurde vor lauter Schwitzen, und jetzt regnet es 4 Tage beinahe in einem fort. Den Ferdinand und seine Frau sam̄t Kinder lasse ich schönstens grüßen. Er kriecht vermuthlich noch immer zum Kreuz und kann Dornbach nicht los werden[234]; auch wird er gewiß schon wieder 77 Mal krank gewesen zu sein, und 9 Mal sterben zu müssen geglaubt haben, als wenn das Sterben das Schlimmste wäre, was uns Menschen begegnen könnte. Könnte er nur einmal diese göttlichen Berge und Seen schauen, deren Anblick uns zu erdrükken oder zu verschlingen droht, er würde das winzige Menschenleben nicht so sehr lieben, als daß er es nicht

für ein großes Glück halten sollte, der unbegreiflichen Kraft der Erde zu neuem Leben wieder anvertraut zu werden. Was macht Karl, wird er reisen oder nicht? Er hat wohl jetzt viel zu thun; denn ein verheiratheter Künstler ist verpflichtet, sowohl Kunst- als Naturstücke zu liefern, und wenn beide Arten gerathen, so ist er doppelt zu loben, denn das ist keine Kleinigkeit. Ich leiste Verzicht darauf. Ignaz wird vermuthlich jetzt eben bei Hollpein[235] sein; denn da er nur Morgens, Nachmittags und Abends dort ist, so wird er schwerlich zu Hause sein. Ich kann nicht aufhören seine Ausdauer zu bewundern, nur weiß man nicht recht, ob es eigentlich ein Verdienst ist oder keines, ob er sich dadurch mehr den Himmel oder die Hölle verdient. Er möchte mich doch darüber aufklären. Der Schneider und seine Schneiderin[236] sollen auf den zukommenden kleinen oder kleine Schneiderin schön Acht haben, auf daß die Schneider zahllos werden, wie der Sand am Meere, nur sollen sie darauf sehen, daß keine Aufschneider oder Zuschneider, keine Ehr- oder Gurgelabschneider überhand nehmen. Und nun muß ich das Geschwätz endlich enden, da ich glaubte, mein langes Schweigen durch ein dito Schreiben ersetzen zu müssen. Marie und Pepi und den kleinen Probstl Andre[237] küsse ich 1000 Mal. Uebrigens bitte ich, Alles, was nur grüßbar ist, schönstens zu grüßen. In Erwartung einer baldigen Antwort verharre ich mit aller Liebe

Ihr treuester Sohn
Franz.

An Bruder Ferdinand

Den 12. Sept. 1825, Gmunden.

Lieber Bruder!

Deiner Aufforderung gemäß möchte ich Dir freilich eine ausführliche Beschreibung unserer Reise nach Salzburg und Gastein machen, allein Du weißt wie wenig ich zum Erzählen und Beschreiben geeignet bin; da ich indessen bei meiner Zurückkunft nach Wien auf jeden Fall erzählen müßte, so will ich es doch lieber jetzt schriftlich als dann mündlich wagen, ein schwaches Bild all dieser außerordentlichen Schönheiten zu entwerfen, indem ich jenes doch besser als dieses zu treffen hoffe.

Wir reiseten nämlich ungefähr halben August von Steyer[238] ab, fuhren über Kremsmünster[239], welches ich zwar schon öfter gesehen habe, aber wegen seiner schönen Lage nicht übergehen kann. Man übersieht nämlich ein sehr liebliches Thal, von einigen kleinen sanften Hügeln unterbrochen, auf dessen rechter Seite sich ein nicht unbedeutender Berg erhebt, auf dessen Gipfel das weitläufige Stift schon von der Fahrstraße, die über einen entgegengesetzten Bach herabführt, den prächtigsten Anblick gewährt, der besonders durch den mathematischen Thurm sehr erhöht wird. Hier, wo wir schon länger bekannt sind, besonders Hr. v. Vogl, der hier studiert hat, wurden wir sehr freundlich empfangen, hielten uns aber nicht auf, sondern setzten unsere Reise, ohne daß sie eine besondere Erwähnung verdiente, bis nach Vöklabruk[240] fort, wo wir Abends anlangten: ein trauriges Nest. Den andern Morgen kamen wir über Straßwalchen und Frankenmarkt nach Neumarkt[241], wo wir Mittag machten. Diese Oerter, welche schon im Salzburgischen liegen, zeichnen sich durch eine besondere Bauart der Häuser aus. Alles ist beinahe von Holz. Das hölzerne Küchengeschirr steht auf hölzernen Stellen, die außen an den Häusern angebracht sind, um welche hölzerne Gänge herumlaufen. Auch hängen allenthalben zerschossene Scheiben an den Häusern, die als Siegestrophäen aufbewahrt werden aus längst vergangenen Zeiten; denn man findet die Jahreszahlen 1600 und 1500 häufig. Auch fängt hier schon das bairische Geld an. Von Neumarkt, welches die letzte Post von Salzburg ist, sieht man schon Bergesspitzen aus dem Salzburger Thal herausschauen, die eben mit Schnee bedeckt waren. Ungefähr eine Stunde von Neumarkt wird die Gegend schon wunderschön. Der Waller-See, welcher rechts von der Straße sein helles blaugrünes Wasser ausbreitet, belebt diese anmuthige Gegend auf das herrlichste. Die Lage ist sehr hoch und von nun an geht es immer abwärts bis nach Salzburg. Die Berge steigen immer mehr in die Höhe, besonders ragt der fabelhafte Untersberg wie zauberhaft aus den übrigen hervor. Die Dörfer zeigen Spuren von ehemaligem Reichthum. An den gemeinsten Bauernhäusern findet man überall marmorne Fenster- und Thürstöcke, auch sogar manchmal Stiegen von rothem Marmor. Die Sonne verdunkelt sich und die schweren Wolken ziehen über die schwarzen Berge wie Nebelgeister dahin; doch berühren sie den Scheitel des Unterberges nicht, sie schleichen an ihm vorüber, als fürchteten sie seinen grauenvollen Inhalt[242]. Das weite Thal, welches mit einzelnen Schlössern, Kirchen und Bauernhöfen wie angesäet ist, wird dem entzückten Auge immer sichtbarer. Thürme und Paläste zeigen sich nach und nach; man fährt endlich an dem Kapuzinerberge vorbei, dessen ungeheure Felswand hart an der Straße senkrecht in die Höhe ragt und fürchterlich auf den Wanderer herabblickt. Der Untersberg mit seinem Gefolge wird riesenhaft, ihre Größe will uns fast erdrükken. Und nun geht es durch einige herrliche Alleen in die Stadt selbst hinein. Festungswerke aus lauter Quadersteinen umgeben diesen so berühmten Sitz der ehemaligen Churfürsten. Die Thore der Stadt verkünden mit ihren Inschriften die verschwundene Macht des Pfaffenthums. Lauter Häuser von 4 bis 5 Stockwerken erfüllen die ziemlich breiten Gassen und an dem wunderlich verzierten Hause des Theophrastus Paracelsus[243] vorbei, geht es über die Brücke der Salzach, die trüb und dunkel mächtig vorüberbraust. Die Stadt selbst machte einen etwas düstern Eindruck auf mich, indem ein trübes Wetter die alten Gebäude noch mehr verfinsterte, und überdies die Festung, die auf dem höchsten Gipfel des Mönchberges liegt, in allen Gassen der Stadt ihren Geistergruß herabwinkt. Da leider gleich nach unserer Ankunft Regen eintrat, welches hier sehr oft der Fall ist, so konnten wir, außer den vielen Pallästen und herrlichen Kirchen, deren wir im Vorbeifahren ansichtig wurden, wenig zu sehen bekommen. Durch Hrn. Pauernfeind[244], ein dem Hrn. v. Vogl bekannter Kaufmann, wurden wir bei dem Grafen von Platz[245], Präsident der Landrechte eingeführt, von dessen Familie, indem ihnen unsere Namen schon bekannt waren, wir freundlichst aufgenommen wurden. Vogl sang einige Lieder von mir, worauf wir für den folgenden Abend geladen und gebeten wurde, unsere sieben Sachen vor einem auserwählten Kreise zu produciren, die denn auch unter besonderer Begünstigung des schon in meinem ersten Briefe erwähnten Ave Maria's Allen sehr zu Gemüthe gingen. Die Art und Weise, wie Vogl singt und ich accompagnire, wie wir in einem solchen Augenblicke *Eins* zu sein scheinen, ist diesen Leuten etwas ganz Neues, Unerhörtes. Nachdem wir den andern Morgen den Mönchberg bestiegen, von welchem man einen großen Teil der Stadt übersieht, mußte ich erstaunen über die Menge herrlicher Gebäude, Paläste und Kirchen. Doch gibt es wenig Einwohner hier, viele Gebäude stehen leer, manche sind nur von einer, höchstens zwei bis drei Familien bewohnt. Auf den Plätzen, deren es viele und schöne gibt, wächst zwischen den Pflastersteinen Gras, so wenig werden sie betreten. Die Domkirche ist ein himmlisches Gebäude, nach dem Muster der Peterskirche in Rom, versteht sich im verkleinerten Maßstabe. Die Länge der Kirche hat die Form eines Kreuzes, ist von vier ungeheuren Höfen umgeben, von denen jeder einzelne einen großen Platz bildet. Vor dem Eingange stehen die Apostel in riesenhafter Größe aus Stein gehauen. Das Innere der Kirche wird von vielen marmornen Säulen getragen, ist mit den Bildnissen der Churfürsten geschmückt, und in allen seinen Theilen wirklich vollendet schön. Das Licht, welches durch die Kuppel hereinfällt, erleuchtet jeden Winkel. Diese außerordentliche Helle macht eine göttliche Wirkung, und wäre allen Kirchen anzuempfehlen. Auf den vier Plätzen, welche die Kirche umgeben, befinden sich große Springbrunnen, die mit den herrlichsten und kühnsten Figuren geschmückt sind. Von hier gingen wir in das Kloster zu St. Peter, wo *Michael Haydn*[246] residirt hat. Auch diese Kirche ist wunderschön. Hier befindet sich, wie Du weißt, auch das Monument des M. Haydn. Es ist recht hübsch, aber steht auf keinem guten Platz, sondern in einem abgelegenen Winkel. Auch lassen diese herumliegenden Zettelchen etwas kindisch: in der Urne befindet sich sein Haupt. Es wehe auf mich, dachte ich mir, dein ruhiger, klarer Geist, du guter Haydn, und wenn ich auch nicht so ruhig und klar sein kann, so verehrt dich doch gewiß Niemand auf Erden so innig als ich. (Eine schwere Thräne entfiel meinen Augen, und wir gingen weiter. –) Mittags speiseten wir bei Hrn. Pauernfeind, und als uns Nachmittags das Wetter erlaubte auszugehen, bestiegen wir den zwar nicht hohen, aber die allerschönste Aussicht gewährenden Nonnenberg[247]. Man übersieht nämlich das hintere Salzburger Thal. Dir die Lieblichkeit dieses Thals zu beschreiben, ist beinahe unmöglich. Denke Dir einen Garten, der mehrere Meilen im Umfang hat, in diesem unzählige Schlösser und Güter, die aus den Bäumen heraus oder durchschauen, denke Dir einen Fluß, der sich auf die mannigfaltigste Weise durchschlängelt, denke Dir Wiesen und Aecker, wie eben so viele Teppiche von den schönsten Farben, dann die herrlichen Massen, die sich wie Bänder um sie herumschlingen, und endlich stundenlange Alleen von ungeheueren Bäumen, dieses Alles von einer unabsehbaren Reihe von den höchsten Bergen umschlossen, als wären sie die Wächter dieses himmlischen Thals, denke Dir dieses, so hast Du einen schwachen Begriff von seiner unaussprechlichen Schönheit. Das Uebrige von Salzburgs Merkwürdigkeiten, welche ich erst auf der Rückreise zu sehen bekomme, lasse ich auch bis dahin, indem ich meine Beschreibung chronologisch verfolgen will.

Den 21. September, Steyer.[248]

Du siehst aus dem angemerkten Datum, daß zwischen dieser und jener Zeile mehre Tage verflossen sind, und wir von Gmunden leider auf Steyer umsiedelten. Um also meine Reisebeschreibung (die mich leider schon reuet, weil sie mir zu lange dauert) fortzusetzen, folgt wie folget Folgendes: Der folgende Morgen war nämlich der schönste Tag von der Welt und in der Welt. Der Untersberg, oder eigentlich der Oberste glänzte und blitzte mit seinem Geschwader und dem gemeinen Gesindel der übrigen Berge herrlich in, oder eigentlich neben der Sonne. Wir fuhren durch das oben beschriebene Thal, wie durch's Elysium, welches aber von jenem Paradies noch das voraus hat, daß wir in einer scharmanten Kutsche saßen, welche Bequemlichkeit Adam und Eva nicht hatten. Statt den wilden Tieren begegneten uns manche allerliebste Mädchen, — — —. Es ist gar nicht recht, daß ich in einer so schönen Gegend so miserable Späße mache, aber ich kann heut einmal nicht ernsthaft sein. So steuerten wir denn, in Wonne versunken über den schönen Tag und über die noch schönere Gegend, gemächlich fort, wo uns nichts auffiel, als ein niedliches Gebäude, welches Monat-Schlößchen[249] heißt, weil es ein Churfürst in *einem* Monat für seine Schöne aufbauen ließ. Das weiß hier jeder Mensch, doch stößt sich Niemand daran. Eine Toleranz zum Entzücken. Auch dieses Gebäudchen sucht durch seine Reize das Thal zu verherrlichen. Nach einigen Stunden gelangten wir in die zwar merkwürdige, aber äußerst schmutzige und grausliche Stadt Hallein[250]. Die Einwohner sehen alle wie Gespenster aus, blaß, hohläugig und mager zum Anzünden. Dieser schreckliche Contrast, den dieser Anblick des Ratzenstadtl's[251] etc. auf jenes Thal erzeugt, machte einen höchst fatalen Eindruck auf mich. Es ist, als wenn man von dem Himmel auf einen Misthaufen fiele, oder nach einer Mozart'schen Musik ein Stück von dem unsterblichen A. hörte[252]. Den Salzberg sammt den Salzbergwerken anzusehen, war Vogl nicht zu bewegen, dessen große Seele, angetrieben durch seine Gicht, nach Gastein strebte, wie in finsterer Nacht der Wanderer nach einem lichten Punct. Wir fuhren also weiter über Golling, wo sich schon die ersten hohen, unübersteigbaren Berge zeigten, durch deren fürchterliche Schluchten der *Paß Lueg* führt. Nachdem wir dann über einen großen Berg langsam hinaufkrallten, vor unserer Nase, so wie zu den beiden Seiten schreckliche Berge, so daß man glauben könnte, die Welt sei hier mit Bretern[253] vernagelt, so sieht man plötzlich, indem der höchste Punct des Berges erreicht ist, in eine entsetzliche Schlucht hinab, und es droht einem im ersten Augenblicke einigermaßen das Herz zu schüttern. Nachdem man sich etwas von dem ersten Schreck erholt hat, sieht man diese rasend hohen Felswände, die sich in einiger Entfernung zu schließen scheinen, wie eine Sackgasse, und man studirt umsonst, wo hier der Ausgang sei. In dieser schreckenvollen Natur hat auch der Mensch seine noch schreckenvollere Bestialität zu verewigen gesucht. Denn hier war es, wo auf der einen Seite die Baiern, und die Tyroler auf der anderen Seite der Salzach, die sich tief, tief unten brausend den Weg bahnt, jenes grauenvolle Morden vollbrachten, indem die Tyroler, in den Felsenhöhen verborgen, auf die Baiern, welche den Paß gewinnen wollten, mit höllischem Lustgeschrei herabfeuerten, welche getroffen in die Tiefe herabstürzten, ohne je sehen zu können, woher die Schüsse kamen. Dieses höchst schändliche Beginnen, welches mehre Tage und Wochen fortgesetzt wurde, suchte man durch eine Capelle auf der Baiern Seite und durch ein rothes Kreuz in dem Felsen auf der Tyroler Seite zum Theil zu bezeichnen, und zum

Theil durch solche heilige Zeichen zu sühnen[254]. Du herrlicher Christus, zu wie viel Schandthaten mußt du dein Bild herleihen. Du selbst das gräßlichste Denkmal der menschlichen Verworfenheit, da stellen sie dein Bild auf, als wollten sie sagen: Seht! die vollendetste Schöpfung des großen Gottes haben wir mit frechen Füßen zertreten, sollte es uns etwa Mühe kosten, das übrige Ungeziefer, genannt Menschen, mit leichtem Herzen zu vernichten? — Doch wenden wir unsere Augen ab von so niederschlagenden Betrachtungen und schauen wir lieber, daß wir aus diesem Loch hinauskommen. Nachdem es nun eine gute Weile abwärts geht, die beiden Felswände immer näher zusammenrücken und die Straße sammt dem Strom auf 2 Klaftern Breite eingeengt werden, so wendet sich hier, wo man es am wenigsten vermuthet, unter einem herüberhängenden Felsen bei einem zornigen Wüthen der eingezwängten Salzach, die Straße zur angenehmen Überraschung des Wanderers. Denn nun geht es, obwohl noch immer von himmelhohen Bergen eingeschlossen, auf breiterem Wege und eben dahin. Mittags kamen wir in Werffen[255] an. Ein Markt mit einer bedeutenden Festung, von den Salzburger Churfürsten erbaut, wird jetzt vom Kaiser renovirt. Auf unserer Rückreise bestiegen wir selbe, es ist v[erdammt] hoch, gewährt aber eine herrliche Aussicht in das Thal, welches auf einer Seite von den ungeheuren Werffner Gebirgen[256], die man bis Gastein sieht, begrenzt ist. Himmel, Teufel, das ist etwas Erschreckliches, eine Reisebeschreibung, ich kann nicht mehr. Da ich so in den ersten Tagen des Octobers nach Wien komme, so werde ich Dir dieses Geschreibsel selber übergeben und das Uebrige mündlich erzählen.

An Eduard v. Bauernfeld

Steyer, den 18. oder 19. Sept. 825.[257]

Lieber Freund![258]

Wirklich war mir Dein Geschreibsel nicht mehr im Gedächtniß, die Alles zerstörende Zeit u. Deine bis zur Grobheit schnelle Hand haben es so weit gebracht. Im letzten Falle denk ich Dir's gleich zu thun. – Was das Quartier im Frühwirthischen Hause[259] anbelangt, so bin ich gesoñen, es zu behalten, habe ihm dieses auch schon durch mein väterliches Haus wissen zu machen gesucht, es sey nun, daß man ihn vergessen hat oder dß. er so ängstlich u. umständlich ist, so seyd auf jeden Fall Einer oder alle zusam̃en so gut, ihm in meinem Nahmen 25 fl. W. W. zu geben u. zu versichern, daß ich Ende October gewiß kom̃e. – Was unser Zusammenleben betrifft, so wäre mir's zwar sehr angenehm, da ich aber dergleichen Junggesellen- u. Studenten-Plane schon kenne, so möchte ich nicht gerne, dß ich am Ende zwischen zwey Stühlen säße. Sollte sich indessen was Gescheidtes finden, so gibt es ja im̃er noch Mittel, mich von meinem Hausherrn auf gute Art zu trennen. Jene erwähnten 25 fl. wären ihm für Oct. einzuhändigen, welche ich mit meiner Ankunft pünktlich zurückbezahlen werde. – Auf Schober u. Kuppelwieser[260] bin ich sehr begierig, auf jenen, wie ein Mensch nach gescheiterten Planen, auf diesen, wie einer, der von Rom u. Neapel kom̄t, aussieht. – Schwind ist ein wahrer Harn-Freund u. Garn-Haspel, denn von seinen 2 Briefen, die er mir geschrieben, ist einer konfuser als der andere. Ein solcher Galimathias von Verstand u. Unsinn ist mir noch nicht vorgekom̄en. Wenn er nicht in dieser Zeit sehr schöne Sachen gemacht hat, so ist ihm ein so hirnloses Gerede nim̄er zu verzeihen. Grüße mir diese 3 auch Rieder und Dietrich[261], wenn Du sie sehen solltest. Riedern lasse ich gratulieren zu seiner Professur. – Steiger[262] u. Louis Hönig[263] besuchten mich in Gmunden, welches mich sehr freute! Wenn ihr zu eurem übrigen großen Verstand nur ein Quintel hinzugethan hättet, so würdet ihr mich auch mit eurer Gegenwart beehrt haben. Aber das ist von euch auf Brand u. Mord verliebten Jungen nicht zu verlangen. Wie oft werdet ihr wieder unglücklich gewesen seyn, u. eure Seufzer u. Klagen in Bier u. Punsch ersäuft haben? ha! ha! ha! ha! Bald hätte ich vergessen, Dir zu sagen, dß ich in Salzburg u. Gastein gewesen, deren Gegenden die kühnste Fantasie überflügeln.

Dein Schubert.

Grüße mir
alle Freunde.

Schreibe mir, aber was
Gescheidts, etwa ein mu-
sikalisches Gedicht. (?)!

NB. Eben sagt mir Vogl, daß es möglich wäre, dß er

Ende dieses oder Anfangs Oct. mit Haugwitz[264] nach Italien reisete; in diesem Falle käme ich auch früher Anfangs Oct.[265]

An Kaiser Franz I.

Euer Majestät![266]

Allergnädigster Kaiser!

In tiefster Ehrfurcht waget der Unterzeichnete die gehorsamste Bitte um allergnädigste Verleihung der erledigten Vice-Hofkapellmeister Stelle, und unterstützt sein Gesuch mit folgenden Gründen:

1. Ist derselbe von Wien gebürtig, der Sohn eines Schullehrers und 29 Jahre alt.

2. Genoß derselbe die allerhöchste Gnade, durch 5 Jahre als Hofsängerknabe Zögling des k.k. Convictes zu seyn.

3. Erhielt er vollständigen Unterricht in der Composition von dem gewesenen ersten Hofkapellmeister Herrn Anton Salieri, wodurch er geeignet ist, jede Kapellmeisters Stelle zu übernehmen, laut Beylage A.

4. Ist sein Nahme durch seine Gesangs- und Instrumental-Compositionen nicht nur in Wien sondern auch in ganz Deutschland günstig bekannt, auch hat er

5. fünf Messen, welche bereits in verschiedenen Kirchen Wiens aufgeführt wurden, für größere oder kleinere Orchester in Bereitschaft.

6. Genießt er endlich gar keine Anstellung und hofft auf dieser gesicherten Bahn sein vorgestrecktes Ziel in der Kunst erst vollkommen erreichen zu können.

Der allergnädigsten Bittgewähr vollkommen zu entsprechen, wird sein eifrigstes Bestreben seyn.

Unterthänigster Diener

Wien, den 7. April 1826. Franz Schubert.

An die Freunde

[Mai 1826]

Lieber Bauernfeld![267]

Lieber Mayrhofer!

Daß Du die Oper gemacht hast, ist ein sehr gescheidter Streich, nur wünschte ich, daß ich sie schon vor mir sähe. Man hat hier meine Opernbücher verlangt, um zu sehen, was damit zu machen sei. Wäre Dein Buch schon fertig, könnte man ihnen *dieses* vorlegen und bei Anerkennung des Werthes, woran ich nicht zweifle, in Gottes Namen damit anfangen oder es nach Berlin zur Milder[268] schicken. Die Mlle. Schechner[269] ist hier in der »Schweizerfamilie«[270] aufgetreten und hat außerordentlich gefallen. Da sie viel Ähnlichkeit mit der Milder hat, so kann sie gut für uns sein. – Bleibe doch nicht so lang aus, es ist sehr traurig und miserabel hier – – die Langweiligkeit hat schon zu sehr um sich gegriffen. Von Schober und Schwind hört man nichts als Lamentationen, die viel herzzerreißender sind, als die wir in der Charwoche gehört haben. – In Grinzing war ich, seit Du fort bist kaum einmal, mit Schwind gar nicht ... Aus allem diesen kannst Du Dir ein schönes Sümmchen Lustigkeit zusammendividieren. Die »Zauberflöte« wurde an der Wien sehr gut gegeben. Der

»Freischütz« im k.k. Kärntnerthor-Theater sehr schlecht. Der Herr Jacob und die Frau Baberl[271] in der Leopoldstadt unübertrefflich. Dein Gedicht, welches in der Modezeitung erschienen ist, ist sehr schön, doch schöner ist das Gedicht in Deinem letzten Brief. Die erhabene Lustigkeit und die komische Erhabenheit und besonders der zarte Schmerzenslaut am Ende, wobei Du die gute Stadt Villach – ach – ach! meisterhaft benütztest, erheben es unter die schönsten Muster dieser Gattung. – Ich arbeite gar nichts. – Das Wetter ist hier wirklich fürchterlich, der Allerhöchste scheint uns gänzlich verlassen zu haben, es will gar keine Sonne scheinen. Man kann im Mai noch in keinem Garten sitzen. Schrecklich! fürchterlich!! entsetzlich!!! für mich das Grausamste, was es geben kann! Schwind und ich wollen im Juni mit Spaun nach Linz gehen. Dort oder in Gmunden können wir uns ein Rendezvous geben, nur laß es uns bestimmt wissen – sobald wie möglich. Nicht erst in zwei Monaten.[272]

Lebt wohl!

An Hans Georg Nägeli

Wien, den 4. July 1826.

Euer Wohlgeboren[273]

Haben mich durch Herrn Carl Czerny[274] mit dem ehrenvollen Auftrag bekannt gemacht, für Sie eine Sonate für's Pianoforte zu schreiben, welche Sie in eine Sammlung verschiedener Klavier-Compositionen (unter dem Titel: Ehrenpforte) mit einzurücken gedenken, indem Sie durch meine A-moll-Sonate mit mir befreundet wurden. Nicht nur die günstige Aufnahme dieser Sonate, sondern auch Ihr mir höchst schmeichelhafter Wunsch, machen mich ganz bereit, Ihrem Verlangen, sobald Sie wollen, Genüge zu leisten[275].

In diesem Falle müßte ich Sie doch ersuchen, mir das Honorar, welches in 120 fl. C. M. besteht, in Wien voraus anzuweisen.

Übrigens war es mir sehr angenehm, mit einer so alten berühmten Kunsthandlung in Correspondenz getreten zu seyn.

Ich verbleibe mit aller Achtung

Ihr ergebener

Franz Schubert.

Meine Adresse ist:

Auf der Wieden No. 100 im frühwirthischen Hause, 5. Stiege, 2. Stock.

An Bauernfeld

Wien, den 10. July 1826.

Lieber Bauernfeld!

Ich kann unmöglich nach Gmunden oder irgend wo anders hin kom̄en, ich habe *gar* kein Geld, u. [es] geht mir überhaupt *sehr* schlecht. Ich mache mir [jedoch] nicht[s] daraus, u. bin lustig.

Übrigens kom̄e sobald als möglich nach Wien. Weil Duport[276] von mir eine Oper wünscht [, ihm] aber

die Opernbücher, welche ich gesetzt, gar nicht gefallen, so wäre es herrlich, wenn Dein Opernbuch[277] günstig aufgenom̄en würde. Dann gäb[e] es wenigstens Geld, wo nicht gar Ehre!
Schwind ist ganz auf den Hund, in Hinsicht Nettel's![278] Schober ist privil. Geschäftsmacher[279]. *Vogl hat geheurathet!!!*[280]
Ich bitte Dich, kom̄e sobald als möglich!

Dein

Schubert.

Wegen der Oper.
In Linz nenne nur meinen
Nahmen, so bist Du gut
aufgenommen

An Breitkopf und Härtel

Wien, den 12. August 1826

Euer Wohlgeboren![281]

In der Hoffnung, daß Ihnen mein Nahme nicht ganz unbekannt ist, mache ich hiermit höflichst den Antrag, ob Sie nicht abgeneigt wären, einige von meinen Compositionen gegen billiges Honorar zu übernehmen, indem ich sehr wünsche, in Deutschland so viel als möglich bekannt zu werden. Sie können die Auswahl treffen unter: Liedern mit Pianoforte Begleitung, — unter Streich-quartetten Klavier-Sonaten — 4 händigen Stücken etc. etc. auch ein Octett habe ich geschrieben. In jedem Fall würde es mir eine besondere Ehre seyn, mit einem so alten berühmten Kunsthandlungs-Hause in Verbindung zu tretten.

In der Erwartung einer baldigen Antwort,

verbleibe ich mit aller Achtung

Meine Adresse: Ihr Ergebener

Auf der Wieden Franz Schubert.

No. 100, nächst der Karlskirche, 5. Stiege, 2. Stock.

An Heinrich Albert Probst

Wien, den 12. August 1826

Euer Wohlgeboren![282]

In der Hoffnung, daß mein Nahme Ihnen nicht ganz unbekannt ist, mache ich hiermit höflichst den Antrag, ob Sie nicht abgeneigt wären, einige von meinen Compositionen gegen billiges Honorar zu übernehmen, indem ich sehr wünsche, in Deutschland so viel als möglich bekannt zu werden. Sie können die Auswahl treffen unter Liedern mit Pianoforte Begl. — unter Streich-Quartetten — Klavier-Sonaten — vierhändigen Stükken etc. etc. Auch ein Octett habe ich geschrieben für 2 Violinen, Viola, Violoncello, Contra-Basso, Clarinett, Fagott u. Corno. In jeden Fall es mir für eine Ehre schätzend, mit Ihnen in Correspondenz getretten zu seyn, verbleibe ich, in Hoffnung einer baldigen Antwort, mit aller Achtung

Ihr Ergebener

Meine Adresse: Franz Schubert.

Auf der Wieden

No. 100, nächst der Karlskirche, 5. Stiege, 2. Stock.

An Gesellschaft der Musikfreunde

[October 1826]

An den Ausschuß des österreichischen Musik-Vereins.[283]

Von der edlen Absicht des österreich. Musik-Vereins, jedes Streben nach Kunst auf die möglichste Weise zu unterstützen, überzeugt, wage ich es, als ein vaterländischer Künstler, diese meine Sinfonie demselben zu widmen und sie seinem Schutz höflichst anzuempfehlen.

Mit aller Hochachtung

Ihr Ergebener
Frz. Schubert.

An Marie Pachler

Wien am 12. Juny 1827

Euer Wohlgeboren![284]
Gnädige Frau!

Obwohl ich nicht einsehe, wie ich ein solch freundliches Anerbiethen, als Euer Gnaden mir durch das an Jenger gesendete Schreiben bekannt machten, irgend verdiene, noch, ob ich je etwas entgegen zu biethen im Stande seyn werde, so kann ich doch nicht umhin, einer Einladung zuzusagen, wodurch ich nicht nur das vielgepriesene Grätz endlich zu sehen bekomme, sondern überdieß Euer Gnaden persönliche Bekanntschaft zu machen die Ehre habe.

Ich verharre

mit aller Hochachtung
Euer Wohlgeb.
Ergebenster Frz. Schubert.

An Marie Pachler

Wien, am 27. September 1827.

Euer Gnaden!

Schon jetzt erfahre ich, daß ich mich in Grätz zu wohl befunden habe, und Wien will mir noch nicht recht in den Kopf, 's ist freylich ein wenig groß, dafür aber ist es leer an Herzlichkeit, Offenheit, an wirklichen Gedanken, an vernünftigen Worten, und besonders an geistreichen Thaten. Man weiß nicht recht, ist man gescheidt oder dumm, so viel wird hier durcheinander geplaudert, und zu einer innigen Fröhlichkeit gelangt man selten oder nie. 's ist zwar möglich, daß ich selbst viel daran Schuld bin mit meiner langsamen Art zu erwarmen. In Grätz erkannte ich bald die ungekünstelte und offene Weise, mit und neben einander zu seyn, in die ich bey längerem Aufenthalt sicher noch mehr eingedrungen seyn würde. Besonders werde ich nie die freundliche Herberge mit ihrer lieben Hausfrau, dem kräftigen Pachleros[285] und dem kleinen Faust[286] vergessen, wo ich seit langer Zeit die vergnügtesten Tage verlebt habe. In der Hoffnung, meinen Dank auf eine würdige Weise noch an den Tag legen zu können, verharre ich mit aller Hochachtung

Euer Gnaden

Ergebenster

Frz. Schubert.

NB. Das Opernbuch[287] hoffe ich
in einigen Tagen senden zu können.

An Marie Pachler

Hiermit überschicke ich Euer Gnaden das 4 händige Stück[288] für den kleinen Faust. Ich fürchte, seinen Beyfall nicht zu erhalten, indem ich mich für dergleichen Compositionen eben nicht sehr geschaffen fühle. Ich hoffe, daß sich Euer Gnaden besser befinden als ich, da mir meine gewöhnlichen Kopfschmerzen schon wieder zusetzen. Doctor Karl bitte ich meinen herzlichsten Glückwunsch zu seinem Nahmensfeste abzustatten, und zu melden, daß ich das Buch meiner Oper, welches Hr. Gottdank[289], dieses Faulthier, schon seit Monathen zum Durchlesen hat, noch im̄er nicht zurück erhalten kann. Übrigens verharre ich

mit aller Hochachtung

Ihr Ergebenster
Franz Schubert.

Wien, den 12. Oct. 1827

An Friedrich Rochlitz

[November] 1827

Euer Wohlgeboren![290]

Ich fand mich durch Ihr wertes Schreiben sehr geehrt, indem ich dadurch mit einem ausgezeichneten Manne in nähere Berührung kam.

Den Vorschlag in Hinsicht des Gedichtes: Der erste Ton habe ich reichlich überdacht, und glaube zwar, daß Ihre angegebene Behandlung desselben wohl eine schöne Wirkung machen könnte. Doch, da es auf diese Art mehr Melodram als Oratorium oder Cantate ist, und jenes (vielleicht mit Recht) nicht mehr geliebt wird, so muß ich offenherzig gestehen, daß mir ein Gedicht, welches als Oratorium zu behandeln wäre, weit angenehmer seyn würde, nicht nur, weil nicht immer ein Declamator wie Anschütz zu haben ist, sondern auch, weil es mein sehnlichster Wunsch ist, ein reines Musikwerk ohne alle andere Zuthat, außer der erhebenden Idee eines großen durchaus in Musik zu setzendes Gedichts, zu liefern. Daß ich Sie für den Dichter eines solchen Gedichts erkenne, und ich alle meine Kraft und allen Fleiß anwenden würde, um solches würdig des Gedichts zu componiren, brauche ich wohl nicht zu sagen.

Da übrigens der erste Ton ein so herrliches Gedicht ist, und wenn Sie es wünschen sollten, daß ich es in Musik setze, so würde ich es wohl versuchen, doch ließe ich die Musik (d. h. als Gesang) bey den Worten: Da vernahm eintreten lassen, wenn Sie damit einverstanden sind.

Mit ausgezeichneter Hochachtung
Ihr Ergebenster
Frz. Schubert.

An Anselm Hüttenbrenner

Wien, den 18. Jänner 1828.

Mein lieber alter Hüttenbrenner!!![291]

Du wirst Dich wundern, dß ich einmahl schreibe? Ich auch. Aber wenn ich schon schreibe, so habe ich ein Interesse dabey. Höre also: Bey euch in Grätz ist eine

Zeichnunglehrerstelle erledigt, u. der Concurs ausgeschrieben. Mein Bruder *Carl*, den Du vielleicht auch kennst, wünscht diese Stelle zu erhalten. Er ist sehr geschickt, sowohl als Landschaftsmahler wie auch als Zeichner. Wenn Du nun etwas in dieser Sache für ihn thun könntest, so würdest Du mich unendlich verbinden. Du bist ein mächtiger Mann in Grätz, kennst vielleicht jemanden beym Gubernium oder sonst jemanden, der eine Stimme hat. – Mein Bruder ist verheurathet, u. hat Familie, u. es wäre ihm also sehr willkommen, eine sichere Anstellung zu erlangen. Ich hoffe, dß es Dir sehr gut geht, sowie Deiner lieben Familie und Deinen Brüdern. Grüße mir Alles auf ds Herzlichste. Neulich ist von mir ein Trio für Pianoforte, Violin, u. Violoncello bey Schuppanzigh aufgeführt worden und hat sehr gefallen. Es wurde von Boklet, Schuppanzigh u. Linke vortrefflich exequirt[292]. Hast Du nichts Neues gemacht? A propos, warum erscheinen denn die 2 Lieder bey Greiner[293] oder wie er heißt, nicht? Was ist denn das? Sapperment hinein!!!
Ich wiederhohle meine obige Bitte, u. denke nur, was Du meinem Bruder thust, thust Du mir.

In Erwartung einer angenehmen Nachricht
verbleibe ich

Dein treuer Freund
bis in den Tod
Frz. Schubert.

An B. Schott's Söhne

Wien, den 21. Februar 1828.

Euer Wohlgeboren![294]

Ich fühlte mich durch Ihr Schreiben vom 8. Febr.[295] sehr geehrt, und trette mit Vergnügen mit einer so soliden Kunsthandlung, welche ganz geeignet ist, meine Werke im Auslande mehr zu verbreiten, in nähere Verbindung.

Vorräthige Compositionen besitze ich folgende:[296]

a) Trio für Pianoforte, Violine und Violoncelle, welches mit vielem Beyfall hier producirt wurde.

b) Zwey Streich-Quartetten (C dur u. D moll).

c) Vier Impromptu's fürs Pianoforte allein, welche jedes einzeln oder alle vier zusammen erscheinen können.

d) Fantaisie fürs Pianoforte zu 4 Hände, der Comtesse Caroline Esterhazy dedicirt.

e) Fantaisie für Pianoforte u. Violine.

f) Gesänge für eine Stimme mit Begleit. des Piano, Gedichte von Schiller, Göthe, Klopstock, etc. etc. und Seidl, Schober, Leitner, Schulze etc. etc.

g) Vierstimmige Chöre für Männerstimmen wie auch für Weiberstimmen mit Begleitung des Piano, zwey davon mit einer Solo-Stimme, Gedichte von Grillparzer und Seidl.

h) Ein 5 stimmiger Gesang für Männerst. Gedicht von Schober.

i) Schlachtgesang von Klopstock, Doppel-Chor für 8 Männerstimmen.

k⟩ Komisches Terzett, *Der Hochzeitsbraten* von Schober, für Sopran, Tenor u. Baß, welches mit Beyfall aufgeführt wurde.

Dieß das Verzeichniß meiner fertigen Compositionen außer 3 Opern, einer Messe und einer Symfonie. Diese letztern Comp. zeige ich nur darum an, damit Sie mit meinem Streben nach dem Höchsten in der Kunst bekannt sind.

Wenn Sie nun von obigem Verzeichniß etwas für Ihren Verlag wünschen, so überlasse ich Ihnen solches gegen billiges Honorar mit Vergnügen.

Mit aller Achtung

Franz Schubert.

Meine Adresse:
Unter den Tuchlauben
beym blauen Igel[297]
2 ter Stock.

An B. Schott's Söhne

Wien, den 10. April 1828.

Euer Wohlgeboren!

Das Arrangement und die Abhaltung meines Concert's[298], in welchem sämmtliche Musikstücke von meiner Composition waren, hielten mich so lange ab, Ihren Brief zu beantworten. Ich habe indeß Abschriften von dem verlangten Trio (welches in meinem Concert bey gedrängt vollem Saale mit außerordentlichem Beyfall aufgenommen wurde, so daß ich zur Wiederhohlung des Concert's aufgefordert werde) von den

Impromptu's und dem 5 stimmigen Männergesang machen lassen, und wenn Ihnen obiges Trio zu 100 fl. Conv. Münze, die 2 übrigen Werke zusammen zu 60 fl. Münze genehm sind, so kann ich selbe gleich abschikken. Nur würde ich um möglichst balde Herausgabe bitten[299].

Mit aller Hochachtung

Frz. Schubert.

An Heinrich Albert Probst

Wien, den 10. April 1828.

Euer Wohlgeboren![300]

Haben mich mit einem Schreiben beehrt, welches wegen Arrangement meines Concert's[301] bisher unbeantwortet blieb. Es dürfte Ihnen vielleicht nicht uninteressant seyn, wenn ich Sie benachrichtige, daß selbes Concert, in welchem alle Stücke von meiner Composition waren, nicht nur gedrängt voll war, sondern auch, daß ich außerordentlichen Beyfall erhielt. Besonders erregte ein Trio für Pianoforte, Violin u. Violoncello allgemeine Theilnahme, so zwar, daß ich zu einem zweyten Concert (: quasi als Wiederholung:) aufgefordert werde. Uebrigens kann ich Ihnen mit Vergnügen Werke überlassen, wenn Sie das billige Honorar von 60 fl. Münze für ein tüchtiges Heft einzugehen geneigt sind. Daß ich Ihnen nichts senden werde, was ich nicht für durchaus gelungen halte, in soweit als solches dem Verfasser und einigen gewählten Zirkeln möglich ist, bedarf wohl keiner Versicherung, indem mir ja selbst am meisten daran gelegen seyn muß, gute Werke ins Ausland zu senden.

Mit aller Achtung
Ihr Ergebener
Frz. Schubert.

NB. *Meine Adresse ist:*
Unter der Tuchlauben,
blauer Igel, 2ter Stock.

An Johann Baptist Jenger

25t 7ber 28.

Den zweiten Theil der Winterreise[302] habe ich bereits Haslinger[303] übergeben. Mit der Reise nach Grätz ist's für heuer nichts, da Geld und Witterung gänzlich ungünstig sind. Die Einladung zu Dr. Menz[304] nehme ich mit Vergnügen an, da ich Bar. Schönstein[305] immer sehr gerne singen höre. Du kannst mich Samstags Nachmittag im Kaffeehause beim Bogner, Singerstraße, zwischen 4 und 5 Uhr treffen.

Dein Freund
Schubert.

Meine Adresse ist: Neue Wieden, Firmians-Gasse Nr. 694, 2. Stock rechts[306].

An B. Schott's Söhne

Wien, den 2. Oct. 1828

Euer Wohlgeboren![307]

Da es schon so lange ist, daß ich von Ihnen kein Schreiben erhielt, und ich sehr zu wissen wünschte, ob Sie die von mir überschickten Compositionen, nämlich *4 Impromptu's* und den *5 stimmigen Männergesang*,[308] welche ich Ihnen durch Haslinger sendete, richtig erhalten haben, so ersuche ich Sie um eine gefällige Antwort hierüber. Auch wünschte ich besonders, daß selbe Comp. sobald als möglich erschienen. Das Opus der Impromptu's ist 101[309], und des Quintetts: 102[310]. In Erwartung einer baldigen und erfreulichen Antwort

Mit aller Achtung

Frz. Schubert.

Meine Adresse:
Neue Wieden, zur Stadt Ronsperg
Nr. 694 im 2ten Stock rechts

An Heinrich Albert Probst

Wien, den 2.Oct. 1828.

Euer Wohlgeboren![311]

Ich frage mich an, wann denn endlich das Trio erscheint? Sollten Sie das Opus noch nicht haben? Es ist das Op. 100. Ich erwarte das Erscheinen desselben mit Sehnsucht[312]. Ich habe unter andern 3 Sonaten[313] für's Pianoforte allein componirt, welche ich *Hummel*[314] dediciren möchte. Auch habe ich mehrere Lieder von *Heine aus Hamburg*[315] gesetzt, welche hier außerordentlich gefielen, und endlich ein Quintett für 2 Violinen, 1 Viola u. 2 Violoncello verfertigt. Die Sonaten habe ich an mehreren Orten mit vielem Beyfall gespielt, das Quintett[316] aber wird dieser Tage erst probirt. Wenn Ihnen vielleicht etwas von diesen Compositionen convenirt, so lassen es wissen

Mit aller Achtung

gezeichneten

Frz. Schubert.

Meine Adresse ist: Neue Wieden
No. 694 zur Stadt Ronsperg
2ter Stock. rechts

An Schober

[12. November 1828]

Lieber Schober![317]

Ich bin krank. Ich habe schon 11 Tage nichts gegessen u. nichts getrunken, u. wandle matt u. schwankend von Sessel zu Bett u. zurück. Rinna[318] behandelt mich. Wenn ich auch was genieße, so muß ich es gleich wieder von mir geben.

Sey also so gut, mir in dieser verzweiflungsvollen Lage durch Lektüre zu Hülfe zu kommen. Von Cooper[319] habe ich gelesen: *Den letzten der Mohikaner, den Spion, den Lootsen u. die Ansiedler.* Solltest Du vielleicht noch was von ihm haben, so beschwöre ich Dich, mir solches bey der Fr. v. Bogner im Kaffeeh. zu depositiren. Mein Bruder, die Gewissenhaftigkeit selbst, wird solches am gewissenhaftesten mir überbringen. Oder auch etwas Anderes.

Dein Freund

Schubert.

Anmerkungen

[1] An welchen seiner Brüder Franz Schubert, 1812 fünfzehn Jahre alt, diesen ersten erhaltenen Brief richtete, ist nicht eindeutig festzulegen, da er zu seinen drei Brüdern ein gleich gutes Verhältnis hatte. Es kann sich also bei dem Adressaten dieses aus dem Konvikt geschriebenen Briefes ebenso um *Ignaz* Franz Schubert (1785–1844) wie um *Ferdinand* Lukas Schubert (1794–1859) oder Franz *Karl* Schubert (1795–1855) handeln. – Schubert hatte am 28. Mai 1812 seine Mutter verloren und stand wegen Mutation vor der Entlassung aus dem Kreis der Hofsängerknaben. Mit kaiserlichem Dekret wurde Schubert 1813 in die »Windhagische Stiftung« aufgenommen, so daß er, ohne dem Konvikt finanziell zur Last zu fallen, das Gymnasium Academicum besuchen konnte. In Erwartung der Verbesserung seiner Leistungen (in Mathematik!) wurde ihm Verlängerung gewährt. Aber Schubert zog es vor, gegen Ende des Jahres 1813 das Institut zu verlassen, um in die Praeparandie der k.k. Normal-Hauptschule einzutreten und sich auf den Lehrberuf vorzubereiten. Dieses Institut, in dessen Lehrkörper 1824 Schuberts Bruder Ferdinand eintrat, war im früheren Jesuitenkloster St. Anna untergebracht (vgl. Rudolf Klein, *Schubertstätten*, S. 21/22).

[2] Schubert zitiert nur teilweise richtig; falsch ist auf alle Fälle der Hinweis auf *Matthäus* 3,4, wo es heißt: »Er aber, Johannes, hatte ein Kleid von Kamelhaaren und einen le-

dernen Gürtel um seine Lenden« usw. Das von Schubert herangezogene Zitat findet sich hingegen, worauf als erster O. E. Deutsch aufmerksam machte, im *Römer-Brief* 10,11; die Stelle lautet, unter Bezugnahme auf *Jesaja* 28,16: »Wer an ihn glaubt, wird nicht zuschanden werden.« Auch der 25. *Psalm* könnte herangezogen werden; in Vers 2: »Mein Gott, ich hoffe auf dich; laß mich nicht zuschanden werden.« Heinrich Werlé (a.a.O., S. 7) beruft sich auf *Psalm* 125,1: »Die auf den Herrn hoffen, die werden nicht fallen, sondern ewig bleiben in der Burg Zion.«

[3] Auch hier zitiert Schubert nicht richtig, wenn er das *Matthäus-Evangelium* angibt (es sei denn *Matthäus* 5,42: »Gib dem, der dich bittet«). Aber auch *Lukas* 3,11 ist nur halbrichtig: »Wer zwei Röcke hat, der gebe dem, der keinen hat.« H. Werlé irrt, wenn er auf *Lukas* 3,11 verweist, desgleichen Willi Reich (a.a.O., S. 29), der *Lukas* 3,4 angibt.

[4] Überliefert durch den Konviktler Anton Holzapfel (1792–1868), der erst 1817 aus dem Konvikt ausschied. Er muß Schuberts besonderes Vertrauen genossen haben. Denn ihm offenbarte er 1815 seine Liebe zu Therese Grob (1798 bis 1875). – Die Melancholie des Gedichtes mag mit dem Tod seiner Mutter (vgl. Anm. 1) und der Wiedervermählung seines Vaters mit Anna Kleyenböck am 15. April 1813 zusammenhängen.

[5] Auf den 4. Oktober, den Tag des Franz von Assisi, von Schubert für drei Männerstimmen und Gitarre komponiert (D 80; D = *Deutsch, Verzeichnis der Werke Franz Schuberts*).

[6] Die Stelle eines Musiklehrers an der Normalschule in Laibach (Ljubljana) war am 19. Januar 1816 ausgeschrieben worden. »Kompetenten in Niederösterreich« hatten sich an die k.k. Nieder-Österreichische Regierung in Wien zu wenden. – Schubert war sechster Schulgehilfe. – Seine Bewerbung in Laibach blieb erfolglos. Die Stelle erhielt Franz Sokoll.

[7] Gemeint ist der erdödysche Geiger Martin Schlesinger (1751–1818). – Zu Salieri vgl.Anm. 19 und 25.

[8] Welches der »größten« unter den »kleineren Werken« Mozarts gemeint ist, bleibt unerfindlich. »Dieses Quintett« kann ebenso das in c-moll (KV 406), das in C-dur (KV 515), das in g-moll (KV 516), das in D-dur (KV 593) wie das in Es-dur (KV 614) sein.

[9] Komponiert 1815 als op. 5,1, d. h. als das erste im Zyklus der fünf *Goethe-Lieder* (»Rastlose Liebe«, »Nähe der Geliebten«, »Der Fischer«, »Erster Verlust«, »Der König von Thule«). Die weiteren *Goethe-Lieder* waren op. 1 (»Erlkönig«, 1815), op. 2 (»Gretchen am Spinnrad«, 1814), op. 3 (»Schäfers Klagelied«, »Meeresstille«, »Heidenröslein« 1815, »Jägers Abendlied« 1816) und op. 4,3 (»Wanderers Nachtlied« 1815) – »Rastlose Liebe« – D 7 – Am 17. April 1816 hatte Josef v. Spaun (1788–1865) mit einem Brief Lieder Schuberts an Goethe geschickt. Die Gründe von Goethes Verhalten, der ohne Antwort das Liederheft zurückschickte, sind unbekannt.

[10] Komponiert 1815, op. 173,1 (D 6), das Gedicht »Schön wie Engel« ist Schillers *Räubern* entnommen (III,1).

[11] Vermutlich handelt es sich um die Gräfin v. Genney, die, von Beethoven mehrfach erwähnt, auch von diesem als »Frau von Jenny« genannt wird.

[12] richtig: »Währing«.

[13] Dazu und zum Folgenden vgl. Anm. 1. Schuberts Mutter war am 30. Mai 1812 auf dem Währinger Friedhof bestattet worden.

[14] Carl Friedrich Weinmüller (1764–1828) war Sänger und Inspizient der Hofoper. Er sang den Rocco in der 3. Uraufführung von Beethovens »Fidelio« am 23. Mai 1814; Anton Schindler hebt ihn und Michael Vogl, Schuberts Freund, der den Pizarro darstellte, in seiner *Beethoven-Biographie* nachdrücklich hervor, indem er für beide betont,

daß »kein anderes Epitheton als ›vollendet‹ gebraucht werden« dürfe. Weinmüller hatte bereits am 27. Februar 1814 mit Anna Milder-Hauptmann und Giuseppe Siboni Beethovens Terzett »Tremate, empi« (op. 116) aus der Taufe gehoben. Auch an der Wiener Premiere von Friedrich Treitschkes Singspiel »Die gute Nachricht« mit dem »Germania«-Schlußgesang von Beethoven (Wo O 94) im Frühling 1814 war er beteiligt.

15 Schubert schreibt gern »dß« statt »daß«.

16 »St. Anna« ist das einstige Kloster, in dem sowohl die Normal-Hauptschule (vgl. Anm. 1) als auch die Akademie der Bildenden Künste untergebracht waren.

17 Gemeint ist Josef Abel (1768–1818).

18 Ludwig van Beethoven?

19 Der »Italianissimo« Antonio Salieri (1750–1825) war im Jahre 1766 durch Florian Gassmann (1729–1774) von Venedig nach Wien mitgenommen, wo er 1774 als seines Lehrers Nachfolger k.k. Hofkammercompositeur und Chef der Italienischen Oper wurde. Nach Zwischenaufenthalten in Italien und Frankreich erhielt er 1788 das Amt des k.k. Hofkapellmeisters, trat aber nach dem Tod Josephs II. (1790) zurück und betreute nur noch die Hofsängerkapelle, der ja auch Schubert angehörte. Er starb in geistiger Umnachtung. Zu seinen Schülern zählte nicht nur Schubert, den er aus dem Konvikt kannte und, seit etwa 1812, kostenlos unterwies; auch Beethoven, Ignaz Moscheles, Johann Nepomuk Hummel (aus der Schule Mozarts), Franz Liszt, Meyerbeer u. a. genossen seinen Unterricht. Salieri, der sich der Richtung Glucks anschloß, war vor allem als Opern- und Kirchenkomponist sehr fruchtbar. Sein Verhalten Mozart gegenüber bietet immer noch Stoff zu Gerüchten und Legenden, vor allem zu dem, er habe Mozart vergiftet. Gerade dies hat in der Nachwelt seinen Ruhm verdunkelt. – Schubert war stolz, Salieris Schüler zu sein, wie aus einigen

Signeten (»Schüler des Herrn v. Salieri«) hervorgeht. Seine Bewerbung nach Laibach (1816) konnte er mit einem Attest Salieris (vom 9. April 1816) begleiten: »Io qui sottoscrito affermo quanto nella supplica di Francesco Schubert, in riguardo al posto musicale di Lubiana, sta es posto.« Trotz der Tatsache, daß er fünfzig Jahre zuvor seinen Aufenthalt in Wien begonnen hatte, lehnte es Salieri ab, sich der deutschen Sprache zu bedienen; sonst hätte sein Zertifikat lauten müssen: »Ich Unterzeichneter bestätige, was in dem Gesuch des Franz Schubert im Hinblick auf den Musikerposten in Laibach ausgesagt ist.«

[20] Das Oratorium »Gesù al Limbo« (auf die Dichtung von Prividali) war 1803 in Wien uraufgeführt worden.

[21] Das erstmals »für Geld« komponierte Werk ist die seit 1828 verschollene Kantate »Prometheus« (D 451). Ihre von Studenten veranstaltete und von Schubert dirigierte Aufführung fand am 24. Juli 1816 statt, und zwar im Garten des an seinem Namenstag (12. Juli) zu ehrenden Heinrich Josef Watteroth in der Erdbergstraße (Wien III. »Landstraße«); das Nachbarhaus bewohnte Antonia Brentano. Schubert wohnte mit Spaun und Johann Mayrhofer (1787 bis 1836) kurze Zeit im Watterothschen Haus, in dem er Leopold v. Sonnleithner (1797–1873) kennen lernte. – Eine zweite Aufführung kam am 8. Januar 1819 im Gundelhof an der Brandstätte (Wien I) zustande. Ignaz v. Sonnleithner (1770–1831), Vater Leopolds und Onkel Grillparzers, veranstaltete kontinuierliche Hausmusiken, in denen Schuberts Lieder ihre erste Verbreitung fanden (1820 u. 1821). Ihren Ursprung hatten diese Musiken im Quartettmusizieren bei den Schuberts im Himmelpfortgrund. Aus dem Quartett, in dem Schubert die Bratsche spielte, wurde ein Quintett, durch Hinzutritt von weiteren Streichern und Bläsern ein Orchester, das erst im Frischlingschen Haus an der Dorotheergasse spielte, von da in den Schottenhof (in

das Hartwig-Haus) übersiedelte und dann in den Gundelhof.

[22] »Professor Wattrot« ist Heinrich Joseph Watteroth (1756–1816). Er und seine Schüler Josef Wilhelm Witteczek (1787–1859), der Anna Watteroth heiratete, waren Freunde Schuberts.

[23] Philipp Dräxler v. Carin (1797–1874).

[24] Alfred Einstein (*Schubert. Ein musikalisches Porträt*, Zürich 1952, S. 127) sagt von diesen und nachfolgenden Tagebuch-Eintragungen, daß sie »manchmal wie Lesefrüchte wirken«, »meist verstiegen und gequält« sind und »aus bedrücktem Gemüt« kommen. Die Beobachtung ist nicht unzutreffend. Die Schubert-Forschung hat bisher versäumt, Schuberts etwaigen literarischen Quellen für diese »Lesefrüchte« nachzugehen. – Einstein wie Deutsch (*Dokumente,* S. 48 f) bringen die Stimmung mit Mayerhofers Äußerung an den gemeinsamen Freund Franz v. Schober (1796–1882) vom 7. September 1816 in Zusammenhang, worin es heißt: »Schubert kommt heute und mehrere Freunde zu mir, die Nebel der Gegenwart, die etwas bleiern ist, wollen sich unter seinen Melodien heben«. Der Ausdruck »Nebel der Gegenwart« bezieht sich doch wohl auf mehr als nur eine momentane Verstimmung.

[25] muß natürlich heißen: »Welt-Regisseur«.

[26] Dieser »Beitrag zur fünfzigjährigen Jubelfeyer des Herrn v. Salieri, erstem k.k. Hofkapellmeister in Wien, von seinem Schüler Franz Schubert« (D 407, 441) hätte chronologisch zwischen die Tagebuch-Eintragungen vom 15. und 16. Juni 1816 gehört. Um den Zusammenhang nicht zu zerreißen, erfolgte diese Umstellung.

[27] Franz v. Schober. Das Gedicht hat Schubert auch komponiert (D 578).

[28] Der »Nachts um 12 Uhr« geschriebene Brief ist an Josef Hüttenbrenner (1796–1873) in Rothenturm (Steiermark) adressiert.

[29] Es handelt sich um die Abschrift (!) des Liedes »Die Forelle« (D 550) nach dem Gedicht von Christian Friedrich Daniel Schubart; das als op. 32 nominierte Lied war bereits 1817 komponiert.

[30] Anselm Hüttenbrenner (1794–1868), Bruder Josefs, wohnte in der Neubadgasse 2 (Wien I) am Kohlmarkt. Merkwürdig war sein späteres Verhalten, als er in seiner Eigenschaft als artistischer Direktor des »Steiermärkischen Musikvereins« in Graz, der Schubert auf Betreiben Johann Baptist Jengers (1792–1856) am 6. April 1823 zum Ehrenmitglied ernannte, das ihm zugesandte Autograph der 8. Sinfonie h-moll, der sog. »Unvollendeten« (D 759), wohl nicht gerade unterschlug, aber dem Verein, aus welchem Grund auch immer, vorenthielt. Erst 1865 machte sie Johann Herbeck (1831–1877) ausfindig und brachte die Sinfonie am 17. Dezember 1865 in Wien zur verspäteten Uraufführung. – Von Heinrich Hüttenbrenner (1799–1830), dem jüngsten der vier Brüder, vertonte Schubert 1820 das Gedicht »Der Jüngling auf dem Hügel« (op. 8,1 = D 702). In Anselm Hüttenbrenners Stammbuch schrieb Schubert den ciceronianischen Satz: »Exiguum nobis vitae curriculum natura circumscripsit, immensum gloriae. Vindobonae, 16. 12. 1817. Cicero ex *Orat. pro Rabirio* Francisc. Schubert« (Die Natur hat uns einen kurzen Lauf des Lebens, einen unermeßlichen des Ruhms umschrieben).

[31] Bei diesem »Deutschen« (D 365,2) handelt es sich um den 1816 komponierten »Deutschen Tanz«, der aus verlegerischer Attraktivität als »Trauerwalzer« oder auch »Sehnsuchtswalzer« verbreitet und – Beethoven zugesprochen wurde. Dasselbe Stück hat Schubert auch Anselm Hüttenbrenner dediziert: »Aufgeschrieben für mein Kaffeh- Wein- und Punsch-Brüderl Anselm Hüttenbrenner, weltberühmten Compositeur. Wien den 14. März im Jahre des Herrn 1818 in seiner höchst eigenen Behausung monathlich 30 fl. W. W«.

[32] Ignaz Aßmayer oder Aßmayr (1790–1862), gebürtiger Salzburger, Schüler Michael Haydns und, nach 1815, Joseph Eyblers. Er lebte seit 1815 in Wien und starb als 2. Hofkapellmeister. Die lateinischen »Huldigungen« erinnern ebenso an Mozart wie an Beethoven. Franz Peter Seraph Schubert identifiziert sich mit Franciscus Seraphicus, d. h. Franz von Assisi.

[33] Adresse: »An Herrn Hüttenbrenner, Compositeur in Wien«. Gemeint ist Anselm Hüttenbrenner.

[34] »die Kunzen« sind die Schwestern Therese und Babette Kunz, mit denen Schubert und Hüttenbrenner am 12. März 1818 in einer Privat-Akademie im Gasthof »Zum römischen Kaiser« an der Renngasse (Wien I) achthändig auf zwei Klavieren musizierten. (R. Klein, a.a.O., S. 29, macht darauf aufmerksam, daß im gleichen Saal vier Jahre vorher Beethovens Klaviertrio op. 97 seine Uraufführung erlebte).

[35] Hüttenbrenners »Hausherr« im Neubad (vgl. Anm. 30) war der Buchhändler Josef Geistinger.

[36] Schubert war im Sommer 1818 und 1824 als Musiklehrer der Töchter Marie und Karoline des ungarischen Grafen Karl Esterházy von Galántha in dessen Sommerschloß Zseliz nach Ungarn (jetzt Zeliezovce, CSSR) gekommen – Schubert schreibt »Zelez«. Die Vermittlung dieser Stellung besorgte der Vater der Karoline Unger, die die Alt-Partie in der Uraufführung von Beethovens IX. Sinfonie am 7. Mai 1824 in Wien sang.

[37] Josef v. Spaun (1788–1868). Vgl. Anm. 21.

[38] Franz v. Schober (1796–1882), lebte später in Ungarn (Liszt), Weimar und Dresden (vgl. Anm. 24 und 27).

[39] Johann Mayrhofer (1787–1836) nahm sich nach einem ersten mißglückten Selbstmordversuch das Leben. Vgl. Anm. 21.

[40] Johann Chrisostomus Senn (1795–1857), mit Schubert im Konvikt.

41 Schubert hat vierzig Gedichte des unglücklichen Freundes komponiert. »Einsamkeit« ist D 620.

42 Johann Michael Vogl (1768–1840) kam durch Mozarts Schüler Franz Xaver Süßmayr zur Oper. Der Baritonist war der erste Interpret der Lieder Schuberts, mit dem er befreundet war.

43 Vgl. Anm. 34.

44 geschrieben in Zseliz.

45 Ferdinand Schubert (vgl. Anm. 1) hat mehrere Kirchenwerke komponiert, was nicht ausschloß, daß ihm sein jüngerer Bruder Franz dabei »aushalf«. Die »Deutsche Trauermesse« (Requiem) wurde 1819 in Wien aufgeführt und 1826 veröffentlicht. O. E. Deutsch hat sie 1928/29 (in *Zeitschrift für Musikwissenschaft* X) als Werk Franz Schuberts identifizieren können. – In Ferd. Schuberts Besitz befand sich auch seines Bruders »große« C-dur-Sinfonie (D 944), 1828 komponiert, die Robert Schumann am 1. Januar 1839 bei diesem entdeckte und die Felix Mendelssohn-Bartholdy bereits am 21. März 1839 in Leipzig uraufführte.

46 vgl. Brief vom 3. August: »denn ich war ja ohne Sorge«.

47 Karl war sein jüngster Bruder, den er – laut einem Brief von Ignaz Schubert vom 10. August 1818 – »seinen zweifachen Bruder« nannte.

48 Seine Stiefmutter. Die guten Worte, die Schubert für sie findet, verweisen die kolportierte Nachricht von einer Entfremdung mit seinem Elternhaus in das Reich der Legende.

49 Josef Erdödy v. Monyorókerék, Freystadtl (Galgócz, jetzt Nové Mésto, CSSR). Vgl. R. Klein, a.a.O., S. 31/32.

50 Kolumban Daigele, gebürtiger Schwabe, war ein Vetter von Schuberts Stiefmutter. Er hatte die Trauung von Schuberts Vater mit Anna Kleyenböck am 25. April 1813 vorgenommen.

51 Maria Magdalena Schubert; ihre Tochter hieß Magdalena.

[52] Ferdinands erste Frau Anna, geb. Schülle, die er 1816 geheiratet hatte. In zweiter Ehe heiratete er 1832 Therese Spazier.

[53] Gemeint ist doch wohl die 1801 geborene Tochter Ferdinands, Maria Theresia.

[54] Geschrieben in Zelisz.

[55] Josef Ludwig v. Steinsberg (1798–1862), ehemaliger Mitkonviktler.

[56] O. E. Deutsch *(Dokumente*, S. 68) nimmt an, daß es sich bei »Wayß« um Maximilian von Weisse (1798–1863) handelt, der sich 1808 mit Schubert um eine Stelle in der Hofsänger-Kapelle bewarb.

[57] Josef Weidlich? Einzelheiten unbekannt.

[58] sic!

[59] Schober war 1816/17 in Schweden, von wo er stammte.

[60] Auditeur.

[61] Rosina geb. Festetics de Tolna. Aber auch der Graf (Johann Karl Esterházy von Galántha) war musikinteressiert.

[62] D 622, 623, 343, 626, 627, nach Gedichten von Alois Schreiber und Johann Georg Jacobi.

[63] Der »griechische Vogel«, Johann Michael Vogl, stammte aus Steyr.

[64] Michael Forstmayer oder dessen Vater Leopold Forstmayer in der Pfarrgasse 16 zu Linz.

[66] Max v. Spaun (1797–1844), Bruder Josef v. Spauns.

[66] Mutter: Josefa v. Spaun (1757–1835), Schwester: Marie (1795–1847), verehelichte Ottenwalt.

[67] Anna Milder-Hauptmann 1785–1838), die Leonore in Beethovens »Fidelio« (1805, 1806, 1814) und Solistin in der Berliner Aufführung von Bachs »Matthäus-Passion« unter Felix Mendelssohn-Bartholdy (1829); »trillert am schlechtesten« als Lob gedacht, d. h. sie singt nicht in italienischer Manier.

[68] sic!

[69] Hofkonzipist Josef v. Gahy (1793–1864), mit dem Schubert gerne vierhändig Klavier spielte.

[70] Dazu und zum Folgenden vgl. Anm. 45. Ferdinand hatte seines Bruders »Trauermesse« unter seinem eigenen Namen in Wien aufgeführt.

[71] Josefa Theresia Schubert (1815–1861) und Maria Schubert (1814–1835), Schuberts Halbschwestern aus der zweiten Ehe seines Vaters.

[72] Josef Doppler musizierte schon 1814 im väterlichen Schubert-Haus.

[73] Vgl. Anm. 52/53.

[74] Ignaz Schubert (vgl. Anm. 1) hatte am 12. Oktober 1818 an seinen Bruder Franz geschrieben. Resi ist Schuberts Schwester Maria Theresia (1801–1878), verehelichte Schneider.

[75] Schubert nimmt Bezug auf die von Bruder Ignaz (am 12. Oktober) zitierte 7. Strophe des Gedichts »An Göckingk« (1776/77):

Doch neid' ich nicht das Bonzenheer
Um seine dicken Köpfe.
Die meisten sind ja hohl und leer,
Wie ihre Kirchturmknöpfe.

Ignaz beginnt: »Beneide nicht«. – Das Gedicht »An Göckingh« von Gottfried August Bürger (1748–1794) wurde als Antwort auf ein Poem Göckingks im Jahre 1776 geschrieben; das Gedicht erschien 1777. Günther v. Göckingh (1748–1828) gehörte dem Gleim-Kreis an. Sein wohl berühmtestes Werk waren die *Lieder zweier Liebender* (1777).

[76] »Die Hollpeinischen« waren mit den Schuberts eng verbunden. Ein Josephus Hollpein hatte 1785 Schuberts Eltern getraut. Ignaz Schubert heiratete die Witwe des Leopold Hollpein, die Tante der Therese Grob (vgl. Anm. 4).

[77] Brief an: Herrn Anselm Hüttenbrenner in Grätz. Schubert war »mit halbem November« nach Wien zurückge-

kehrt. Er wohnte bei Mayrhofer in der Wipplingerstraße 2 (Wien I).

[78] Hüttenbenner war 1818 nach Graz übergesiedelt.

[79] Hüttenbrenner heiratete 1821 Elise v. Pichler.

[80] Julius Cornet (1793–1860), Salieris Schüler, Sänger.

[81] Gioacchino Rossinis »Otello« war 1816 in Neapel zur Uraufführung gelangt, 1819 gelangte die Oper an zwei Wiener Bühnen zur Aufführung. 1822 kam Rossini nach Wien.

[82] Julius Radichi (1763–1846), Florestan in Beethovens »Fidelio«.

[83] Rossinis »Tancredi«, 1813 in Venedig uraufgeführt.

[84] Joseph Weigl (1766–1846), von 1791 bis 1823 Nachfolger seines Lehrers Salieri als Kapellmeister der Hofoper in Wien, seit 1827 Vize-Hofkapellmeister, berühmt durch sein Singspiel »Die Schweizerfamilie« (1809).

[85] Friedrich Treitschke (1776–1842), gebürtiger Leipziger, war Schauspieler und Theaterdirektor in Wien, u. a. Mitautor an Beethovens »Fidelio«.

[86] Schuberts Singspiel »Die Zwillingsbrüder«, Text von Friedrich von Hoffmann (1819).

[87] Charles Simon Catel (1773–1830), Schüler Gossecs. Seine Oper »Sémiramide« entstand 1802, war in Wien beliebt.

[88] Johann Daniel Heinrich Stümer (1789–1857), gebürtiger Berliner, Schüler Vincenzo Righinis und Freund Carl Friedrich Zelters, seit 1811 an der Berliner Hofoper, gastierte (Tenor) in Wien. Er sang den Max in der Berliner Uraufführung von Webers »Freischütz« und den Evangelisten in Bachs »Matthäus-Passion« unter Mendelssohn (1829).

[89] Undatiert (1819).

[90] Es handelt sich um den Klavierauszug von Schuberts 1. Sinfonie D-dur (D 200).

[91] Vgl. Anm. 77.

[92] Schubert befand sich mit Vogl auf Ferienreise.

[93] Allgemein wird angenommen, daß es sich um das 1816

komponierte deutsche »Stabat mater« nach Klopstock handelt (D 383). Das liturgische »Stabat mater« von 1815 (D 175) blieb Fragment.

94 Am Stadtplatz 34 bei dem Advokaten Dr. Albert Schellmann.

95 Josef von Koller, Eisenhändler am Stadtplatz 11.

96 Schubert war von Steyr nach Linz gereist.

97 Josef Kenner (1794–1868).

98 Josef Kreil (1792–1855), durch seine Schwester Anna Schwager Kenners. Oder dessen Bruder Franz Sales (von) Kreil?

99 Vgl. Anm. 64.

100 Josefa v. Spaun (1757–1835). Vgl. Anm. 66.

101 Anton Ottenwalt (1789–1848), verheiratet mit Marie geb. Spaun. Vgl. Anm. 66.

102 »Der Knabe in der Wiege« (D 123).

103 Anna Sanssouci, Inhaberin der Wohnung in der Wipplingerstraße zu Wien, in der Mayrhofer und Schubert 1818/20 hausten.

104 10. August.

105 Albert Stadler (1794–1888).

106 »Sänger, der vom Herzen singet« (D 666).

107 Josef v. Spaun (vgl. Anm. 9).

108 für Katharina Stadler (1798–1861), Schwester Albert Stadlers. – Vogl fügte diesen Zweizeiler hinzu:
In der Freunde Herzen leben,
Was kann's hiernieden Schön'res geben?.

109 O. E. Deutsch (*Dokumente*, S. 110) und Werlé (a.a.O., S. 62) datieren das Gedicht auf September 1820. Das von Deutsch bezweifelte Datum 1824, das Eduard v. Bauernfeld (1802–1890) nennt, hätte insofern auch etwas für sich, als Schubert 1823/24 mit dem Besitzer des Autographs, Josef Huber (1794–1870), gemeinsam an der Stubenbastei (Wien I) wohnte.

[110] An Josef v. Spaun in Linz.

[111] Schubert hatte sein op. 4 (»Der Wanderer«, »Morgenlied«, »Wanderers Nachtlied«) Ladislaus v. Pyrker gewidmet. Pyrker (1772–1847) war seit 1820 Patriarch von Venedig. (Ihm widmete Schubert 1825 das op. 79 mit den Gedichten »Heimweh« und »Die Allmacht« von Pyrker). Dem Reichsgrafen Moritz v. Fries (1777–1826) sind op. 2 (»Gretchen am Spinnrad«) und op. 19 (»An Schwager Kronos«, »An Mignon«, »Ganymed«) im Druck dediziert. Fries, Mitinhaber des Wiener Bankhauses Fries u. Co., wurde auch von Beethoven durch Widmungen geehrt (op. 23, 24, 29, 92).

[112] »Alfonso und Estrella« (D 732)?.

[113] Domenico Barbaja (1789–1841).

[114] Diese ernst zu nehmende literarische Äußerung Schuberts hat zu mancherlei Mutmaßungen Anlaß gegeben. Walter Dahms (*Schubert*, 6. Aufl. Berlin 1918, S. 137 f) nennt sie eine »autobiographische Skizze«. O. E. Deutsch (*Dokumente*, S. 159) betrachtet sie als »literarischen Erguß der Phantasie eines Zeitgenossen der deutschen Romantik«, H. Werlé (a. a.O., S. 71 ff) bezeichnet sie als »Bekenntnis« und verweist auf die These Arnold Scherings (*Franz Schuberts Sinfonie in h-moll und ihr Geheimnis*, Würzburg 1938), wonach dieser »Traum« das literarische Gegenstück zur Sinfonie h-moll sei und ihre Vollendung in der Zweisätzigkeit begründe. Ob ein Bezug auf etwaige Zwistigkeiten mit dem Vater, der seinem Sohne den Verzicht auf den Schuldienst verargte, herauszulesen sei, möge dahingestellt bleiben. Eine psychoanalytische Untersuchung dieses »Traums« hat bereits 1915 Eduard Hitschmann (*Franz Schuberts Schmerz und Liebe*) unternommen.

[115] Adresse: »An den Herrn Joseph Edlen von Spaun, Bancal-Assessor in Linz«.

[116] op. 13 (»Der Schäfer und der Reiter«, »Lob der Träume«, »Der Alpenjäger«).

[117] »Wer sich der Einsamkeit ergibt« (D 478), »Wer nie sein Brot mit Tränen aß« (D 480), »An die Türen will ich schleichen« (D 479).

[118] Johann Nepomuk Ritter v. Dankesreither (1750–1823). Bei ihm waren Schober und Schubert 1821 auf Schloß Ochsenburg zu Gast.

[119] »Geheimes« (D 719), »Suleika« I und II (D 720, 717).

[120] »Wanderer-Fantasie« (op. 15; D 760). Der »Particulier« ist Emanuel Karl Edler v. Liebenberg von Zaittin.

[121] »Der Musensohn« (D764), »An die Entfernte« (D 765), »Am Flusse« (D 766; 2. Fassung), »Willkommen und Abschied« (D 767).

[122] »Alfonso und Estrella«, vom Kärntnertor-Theater abgelehnt.

[123] Carl Maria v. Weber (1786–1826), seit 1816 Musikdirektor der deutschen Oper in Dresden. Schubert, wohl enttäuscht ob der fehlgegangenen Pläne einer Uraufführung von »Alfonso und Estrella«, hatte sich anläßlich der Wiener Uraufführung von Webers »Euryanthe« (1823) zurückhaltend geäußert und sich das Wohlwollen Webers ein wenig verscherzt.

[124] As-dur-Messe, 1819 begonnen (D 678).

[125] Conradin Kreutzer (1780–1849), Komponist des »Nachtlager von Granada« (1834), der von Grillparzer für Beethoven geschriebenen »Melusine« (1833) und der Musik zu Raimunds »Verschwender«, hatte in Wien studiert und war über Stuttgart, Schaffhausen und Donaueschingen 1822 nach Wien zurückgekehrt (»Libussa«), war mit Unterbrechungen bis 1840 am Kärntnertor-Theater und dazwischen am Josefstädter Theater Kapellmeister.

[126] Vgl. Anm. 55.

[127] Betrifft die Ablehnung der Oper »Alfonso und Estrella«.

[128] Vogl hatte wenige Tage zuvor (30. November) seine Operntätigkeit aufgegeben. Ob das »wieder angebunden«

negativ gemeint ist (wie es die Erläuterung Werlés a.a.O., S. 76, annimmt), sei dahingestellt.

[129] Es bestand demnach ein Unterschied zwischen »Lesung«, d. h. literarischem Zirkel, und »Schubertiade«. Letztere schildert zum ersten Male Josef Huber (1794–1870) am 30. Januar 1821 in einem Brief an Rosalie Kranzbichler (Deutsch, *Dokumente*, S. 115), in dem er beschreibt, wie nach dem Vortrag von Liedern Schuberts durch diesen »hernach« bis »3 Uhr morgens« bei Punsch die »schon fröhlich gestimmte Gesellschaft noch lustiger« wurde. Das Wort »Schubertiade« erwähnt erstmals Moritz v. Schwind (1804 bis 1871) im Wiener Brief vom 22. Oktober 1822 an Schober (Deutsch, *Dokumente*, S. 176).

[130] im väterlichen Haus an der Grüntorgasse im IX. Bezirk.

[131] »Seiner Wohlgeb. des H. Leopold Sonnleithner« (vgl. Anm. 21). Dieser Brief ist auf Januar 1823 zu datieren.

[132] Quartette für Männerstimmen, eine Art vokaler Kammermusik, wie sie der von Schubert verehrte Michael Haydn (1737–1806) ausgebildet hatte. Diese Quartette, wie sie ähnlich Friedrich Silcher (1789–1860) pflegte, sind als gesellige Intimformen mehrstimmigen Männergesangs wohlweislich vom Männerchor zu unterscheiden.

[133] »Die Zauberharfe, Zauberspiel mit Musik« war am 19. August 1820 im Theater an der Wien uraufgeführt worden. Zum Schauspiel von Georg Ernst Hoffmann schrieb Schubert die Musik (D 644). Die Romanze »Was belebt die schöne Welt« hat Schubert konzertant bearbeitet.

[134] Franz Jäger, »Opernsänger am Theater an der Wien« (bis 1820), hatte am 4. März 1819 als erster ein Lied Schuberts (»Schäfers Klage«) öffentlich gesungen (Deutsch, *Dokumente*, S. 77).

[135] Dieser »Seiner Wohlgeboren des H. H. von Bäutel zu eignen Händen« zugedachte Brief gehört wohl in das Jahr 1823. Ist der Adressat sein ehemaliger Lehrer an der k.k.

Normal-Hauptschule Josef Peitl? Schubert, der anscheinend für ein Konzert Zusagen gemacht hatte, stellt sein Licht ein wenig unter den Scheffel. Denn es existierten zu dieser Zeit außer Ouvertüren immerhin sechs Sinfonien (einschl. der verschollenen »Gasteiner Sinfonie« von 1817/18).

136 Dieser an den Bruder Ferdinand gerichtete Brief wird von Deutsch (*Dokumente*, S. 116) auf »Anfang 1821« (mit Fragezeichen), von Werlé (a.a.O., S. 80) auf Anfang 1823 datiert. Das Offertorium ist vermutlich das 1815 komponierte in F-dur op. 47 (D 964) mit den 1823 eingefügten Bläserstimmen.

137 heißt: Sanssouci. In der Wipplinger Straße wohnte Schubert »eh«, d. h. bis 1820.

138 Antonio Diabelli (1781–1858) aus Mattsee im Salzburgischen, Komponist und, seit 1818, als Teilhaber des Pietro Cappi Verleger (Cappi u. Diabelli), seit 1824 mit Carl Anton Spina (Diabelli u. Comp.), trat 1851 aus dem Verlag aus. Er war Verleger Beethovens und Schuberts, dessen nicht immer friedliche Zusammenarbeit mit dem Verleger Diabelli 1821 mit dem »Erlkönig« begann.

139 Männer-Quartett (D 422) »Naturgenuß« (1816).

140 »Walzer, Ländler und Ecossaisen« op. 18 (D 145).

141 Lieder op. 12 (Goethe), op. 13 (de la Motte-Fouqué, Schlegel, Mayrhofer), op. 14 (Goethe), insgesamt acht Lieder.

142 »Wanderer-Fantasie« op. 15.

143 »An den Hochwohlgebornen Herrn Hofrath, Edlen v. Mosel in Wien im Mölkerhof abzugeben«. Ignaz Franz Edler v. Mosel (1772–1844) war Dirigent und Komponist, seit 1821 Vizedirektor der k.k.Hofbühnen Wien, seit 1829 Kustos der Hofbibliothek.

144 »Alfonso und Estrella«.

145 vgl. Anm. 123.

146 Hans Heinrich v. Könneritz, seit 1819 als Nachfolger des Grafen Vitzthum Intendant der deutschen Oper in

Dresden (bis 1824). Deutsch (*Dokumente*, S. 187) gibt ihm die Vornamen Hans Wilhelm Traugott.

147 Vgl. Anm. 138/142. Des Konfliktes ungeachtet brachte der Verlag 1824 unter dem Titel »Vaterländischer Kunstverein / Veränderungen / für das Piano Forte / über ein vorgelegtes Thema, componirt von den vorzüglichsten / Tonsetzern und Virtuosen / Wien's / und der k.k.österreichischen Staaten«, Variationen über einen Walzer von Diabelli, u. a. von Carl Czerny, Joh. Nep. Hummel, Anselm Hüttenbrenner, Friedrich Kalkbrenner, Conradin Kreutzer, Franz Liszt (!), W. A. Mozarts Sohn und Schubert (1821); Beethoven »verselbständigte« sich und veröffentlichte 1823 seine »33 Veränderungen über einen Walzer von Anton Diabelli« (op. 120).

148 »Alfonso und Estrella«.

149 Der Wiener Verleger und Sortimenter Siegmund Anton Steiner (1773—1838), Verleger Beethovens.

150 Empfangs-Quittung Josef Hüttenbrenners: »Von Manuskripten Sonate, 2 Hefte Lieder u. 2 Lieder auf 1 Blatt zurückerhalten.« Die vermutliche Sonate a-moll op. 143 (D 784) erschien 1839 bei Diabelli (mit dessen Widmung an Felix Mendelssohn-Bartholdy).

151 Steyr, wohin sich Schubert auf seiner oberösterreichischen Reise mit Vogl begeben hatte.

152 betrifft wohl Schobers Abreise nach Breslau, wo er als Schauspieler wirkte.

153 Dr. August Schäffer (1790—1863), Schuberts Arzt.

154 »Fierabras« mit der Dichtung des Freundes Josef Kupelwieser (1791—1866). Der Dichter der »heroisch-romantischen« Oper war Hoftheatersekretär, Bruder des Malers Leopold Kupelwieser (1796—1862), von dem vermutlich die um 1822 entstandene aquarellierte Tuschzeichnung »Eine interessante Begegnung« (Schubert und Jenger grüßen Beethoven auf der Promenade) stammt.

[155] Walter Scott (1771–1832). Schubert vertonte 1825 den Zyklus »Fräulein vom See« (op. 52).
[156] Franz Seraph v. Bruchmann (1798–1867).
[157] Dr. med. Ignaz Alois Sturm.
[158] Vgl. Anm. 55.
[159] Ludwig Mohn aus dem Schubert-Kreis. Er hatte das 1821 von Schober und Schwind gezeichnete »Ballspiel in Atzenbrugg« radiert.
[160] vermutlich Stadtplatz 34 bei Silvester Paumgartner (vgl. R. Klein, a.a.O., S. 60).
[161] An den Steiermärkischen Musikverein in Graz, der Schubert am 6. April 1823 zum »auswärtigen Ehren-Mitglied« ernannt hatte.
[162] vgl. Anm. 156.
[163] Der Russe ist Alexis Beresin, den Kupelwieser nach Rom begleitete.
[164] Der »ungarische Mayr« (Major?) hat sich bisher der Identifikation entzogen. Theophil Friedrich Mayr war der »schwedische Mayr«. Oder war es der »Etzel« genannte Johann Mayer aus dem ungarischen Tyrnau?
[165] Karl Hönig. Der Jurist war laut einem Brief des Anton v. Doblhoff (1800–1872) an Schober im November 1823 dem Schubert-Kreis beigetreten.
[166] Das gilt auch für Rudolf v. Smetana (1802–1871). Werlé (a.a.O., S. 88) nimmt an Stelle dieses Juristen den aus Beethovens Biographie bekannten Arzt Dr. Karl v. Smetana (1774–1827) an. – Jeder der Freunde hatte einen Spitznamen: Smetana war Heinrich IV., Hönig Folco von »Montfocon«, Mayr oder Mair (vgl.Anm.164) Etzel; Schubert war das »Schwämmlein« oder »Schwammerl«, obwohl er den Namen Volker trug.
[167] Johann Steiger v. Amstein.
[168] »Alfonso und Estrella«, »Fierabras«.
[169] Josef Kupelwieser, der »Theaterkuppel«, hatte sein Amt

als Theatersekretär niedergelegt.

170 Die von Weber dirigierte Uraufführung der »Euryanthe« im »Hoftheater nächst dem Kärnthnerthore« hatte am 25. Oktober 1823 stattgefunden.

171 Ferdinand Palffy Graf v. Erdödy (1774–1840), der »Theatergraf«.

172 vgl. Anm. 113.

173 vgl. Anm. 156.

174 Witteczek. Vgl. Anm. 22.

175 Wilhelm Müller (1794–1827), der »Griechenmüller«, aus Dessau. 1821 waren seine *Gedichte aus den hinterlassenen Papieren eines reisenden Waldhornisten* erschienen (»Gegenstück« zu Heinrich Heines *Buch der Lieder* 1827). »Die schöne Müllerin« war 1818 als Liederspiel entstanden und von Ludwig Berger (1777–1839) komponiert. Schuberts zwanzig Lieder sind möglicherweise im Allgemeinen Krankenhaus, in dem er sich etwa Oktober 1823 befand, entstanden. – Die Legende von der Komposition in der Höldrichsmühle in der Hinterbrühl bei Wien hat O. E. Deutsch schon 1915 als solche entlarvt (vgl. Neudruck in der von R. Klein herausgegebenen Essay-Sammlung *Musikalische Kuckuckseier*, Wien-München 1973, S. 93 ff); ein einziger Irrtum ist dem sonst so zuverlässigen Deutsch unterlaufen: er nennt Müller einen Süddeutschen (S. 105), wohingegen Dessau an der Mulde nahe der Mündung in die Elbe liegt. (Ähnlich: in *Dokumente* S. 323 Georg Nikolaus Nissens Geburtsort als »Hardisleben (Sachsen)« angegeben, muß heißen: »Hadersleben (Nordschleswig)«, dänisch: Haderslev).

176 Die »vier« Hefte – in Wirklichkeit wurden es fünf – erschienen im Laufe des Jahres 1824 als op. 25 im Wiener Verlag Sauer und Leidesdorf.

177 Seit Februar 1823 ist von Schuberts Krankheit die Rede. Diese vermutlich luetische Erkrankung, die bis zum völligen Haarausfall führte, zwang ihn im Oktober zur Kur im

Krankenhaus. (Vgl. Dieter Kerner, *Krankheiten großer Musiker*, 3. Aufl., I 147 ff; Stuttgart-NewYork 1973).

178 Nur Josef Huber in der Stubenbastei. Vgl. Anm. 109 und 129.

179 Durch Eduard v. Bauernfeld (1802–1890), Beamter und Dichter, sind diese Notizen überliefert. – Deutsch (*Dokumente*, S. 232) bringt den ersten Eintrag vom 28. März u. a. in Beziehung zu Wielands Roman *Die Abderiten* (1774/81). Abgesehen von der Gesamttendenz der Satire auf das Lächerliche und Dumme könnte man z. B. aus dem 1. Teil (3. Buch, 8. Kap.) das Wort »Die Dummheit hat ihr Subtiles« oder aus dem II. Teil (5. Buch, 8. Kap.) die Beschreibung der abderitischen Neigung, »so schnell wie man die Hand umdreht vom Tragischen zum Komischen überzugehen« zitieren. Wenn überhaupt Wieland herangezogen werden soll, müßte auch der sentenzenreiche Roman *Der goldne Spiegel oder die Könige von Schechian. Eine wahre Geschichte* (1772) erwähnt werden.

180 Anschrift: »M. Signor Leopolde Kupelwieser pittore tedesco recapito al caffè grecco Roma«.

181 Johann Karl Smirsch, Kassenbeamter und Amateurmaler

182 Goethes »Gretchen am Spinnrad«.

183 Der Verleger Maximilian Josef Leidesdorf (1787 bis 1841).

184 »Fierabras«.

185 Ignaz Franz Castelli (1781–1862) aus Wien schrieb Operntexte, Beethoven nahestehend, berühmt durch seine Memoiren (1861). Der »dortige Compositeur« ist der aus Darmstadt gebürtige Berliner Komponist und Kapellmeister Georg Abraham Schneider (1770–1839).

186 Streichquartette in a-moll (op. 29) und d-moll (»Der Tod und das Mädchen«), Oktett in F-dur (op. 166 = D 803). Das noch geplante Quartett: G-dur (op. 161) von 1826.

187 Uraufführung der 9. Sinfonie (op. 125) sowie des »Ky-

rie«, »Credo« und »Agnus Dei« aus der »Missa solemnis« (op. 123); die »neue« Ouvertüre ist die zur »Weihe des Hauses« (op. 124), die schon 1822 ihre Uraufführung erlebt hatte.

188 Verlag von Ignaz Sauer und Maximilian Leidesdorf an der Kärntner Straße (Wien I). Vgl.Anm.176.

189 Schubert war Anfang Mai nach Zseliz gereist (vgl. Schlußbemerkung im Brief an Kupelwieser vom 24. März 1824).

190 Hierzu und zu Schuberts Fußnote vgl. seine Charakteristik Leidersdorfs im Brief an Kupelwieser vom 24. März 1824 sowie Anm. 183. – Heft 3 bis 5 der »Müllerlieder« erschienen im August 1824.

191 Bruder Ignaz. Vgl. Anm. 1.

192 Gasthof an der Himmelpfortgasse (Wien I).

193 1818.

194 Steyr.

195 Sonate bzw. »Grand Duo« in C-dur (op. 140) und Variationen in As-dur (op. 35). Während »op. 35« bereits 1825 im Druck erschien, kam das »op. 140« erst 1838, mit der Widmung Diabellis an Clara Schumann, heraus.

196 Vgl. Anm. 159.

197 Von Mayerhofer (D 699).

198 »Fierabras«.

199 Josef Hugelmann, Rechnungs-Official und Musiker.

200 Schwester Maria Theresia hatte 1823 den Lehrer Matthias Schneider geheiratet. Der von Schubert erfragte »neue Bürger« war ein Mädchen, das allerdings gleich nach der Geburt starb.

201 Wilhelmine oder Helmina v. Chézy, geb. v. Klenke (1783–1856), aus Berlin gebürtig, kam über Paris, Heidelberg, Dresden nach Wien. Die äußerst fruchtbare Poetin, die das Libretto zu Webers »Euryanthe« geschrieben hatte, war Enkelin der »deutschen Sappho« Anna Luise Karsch oder

»Karschin« (1722–1791). Deren Tochter war die ebenfalls schreibende Karoline Luise v. Klenke (1754–1812), die Mutter also der Chézy, die 1790–1801 mit K. G. v. Hastfer verheiratet war, sich scheiden ließ, 1805 in Paris den Orientalisten A. L. de Chézy heiratete, diesen jedoch wieder verließ (Liaison mit Adelbert v. Chamisso). 1823 war sie nach Wien gekommen, das sie 1831 mit München vertauschte. Sie starb in Genf. – Das Wort »Adresse« hat Schubert einmal mit zwei d, das andere Mal richtig geschrieben. Sowohl Deutsch (*Dokumente*, S. 252) als auch Werlé (a.a.O., S. 107) lesen irrtümlich im ersten Satz des Briefes »auffällig« statt »auffallend«.

202 Da Schubert in Ungarn war, gab er die väterliche Anschrift an. Übrigens gibt es noch einige Zeilen, die von Schubert (woher?) an H. v. Chézy gerichtet sind: »Wenn Euer Gnaden mich mit einem Exemplar der umgearbeiteten Rosamunde beglücken können, so verbinden Sie mich sehr. Ergebenster Franz Schubert.«

203 ohne Tagesangabe.

204 Auch die Anschrift lautet Swind: »An Herrn Hr. Moritz v. Swind Mahler, an der Wien im Gasthaus zum Mondschein«. Gemeint ist natürlich Moritz v. Schwind (1804 bis 1871), bis 1828 dem Schubert-Kreis angehörend. In diesem Jahr ging er nach München, um bei Peter v. Cornelius zu studieren. Er starb in München, wo er seit 1847 endgültig ansäßig war.

205 Schober »schauspielerte« noch in Breslau. Ihm schickte Schwind im September Schuberts »Müllerlieder«.

206 Deutsch (*Dokumente*, S. 255) vermutet hinter dem »bewußten Stern« die Komtesse Karoline Esterházy (1806 bis 1851).

207 Vgl. Anm. 195.

208 Vgl. Anm. 183.

209 Vgl. Anm. 176.

[210] Anschrift: »An Ritter Franz v. Schober Wohlgeboren in Breßlau. Ohlauer-Gasse bey der goldenen Axt im 2ten Stock be[i]m H. v. Schall.« Der Brief wurde in Zseliz geschrieben.

[211] »Erster Verlust«.

[212] hier folgt durchgestrichen: »zur Schau brachte«.

[213] Das ist der berühmte, unbeantwortet und unbestätigt gebliebene Begleitbrief zur Lieder-Sendung an Goethe. Bereits 1816 hatte Spaun Goethe aufmerksam gemacht (vgl. Anm. 9). Deutsch (*Dokumente*, S. 288) macht rechtens darauf aufmerksam, daß Goethe 1830, als ihm Wilhelmine Schröder-Devrient den »Erlkönig« vorsang, beeindruckt war. Das verhält sich ähnlich wie mit Beethoven, den ihm erst 1832 der junge Mendelssohn zu erschließen vermochte. Daß Zelter hinter der Ignorierung Schuberts durch Goethe »steckte«, ist zweifellos üble Nachrede. Goethes Einstellung zum Lied schlechthin stand auf anderen ästhetischen Grundlagen als jenen, die Schubert vertrat. Es hatte Goethe schon schokkiert, als Reichardt sich erdreistete, durch Vortragsanweisungen in die Interpretation einzugreifen; in den »Zahmen Xenien« – mit Schiller – machte er sich 1796 Luft.

[214] Schubert hatte seine Reise nach Oberösterreich am 20. Mai angetreten und war am 10. Juli in Linz eingetroffen. Vgl. dazu und zum Folgenden Schuberts Brief an die Eltern vom 25. Juli 1825.

[215] Spaun war diensthalber nach Lemberg übergesiedelt.

[216] Max v. Spaun, Josefs Bruder. Vgl. Anm. 65 und 101.

[217] Schober war im Juli von seiner mißglückten Schauspieler-Exkursion nach Wien zurückgekehrt. »Torupsohn« ist eine Mystifikation. Schober stammte von Schloß Torup.

[218] Steyr.

[219] Ferdinand Traweger, Kaufmann in Gmunden, Badgasse 2 (vgl. R. Klein, a.a.O., S. 83 f).

[220] Franz Ferdinand v. Schiller, Vorstand des k.k.Salz-

Oberamts in Gmunden am Traunsee.
221 Vgl. Anm. 155.
222 Wolfgang Amadeus Mozart Sohn, eigentlich: Franz Xaver Wolfgang (1791–1844), lebte von 1810–1838 in Lemberg.
223 Vgl. Anm. 218.
224 Steyr.
225 Dazu und zum Folgenden vgl. Anm. 219, 220 und 155.
226 Puchberg.
227 Steyregg bei Linz.
228 Gabriele Sofie v. Weissenwolff (1794–1847) in Steyregg im Neuen Schloß (1944 zerstört). Der Scott-Zyklus op. 52 ist ihr gewidmet. Vgl. Klein (a.a.O., S. 89). Die Dichtung »The lady of the lake« (1810) von Walter Scott (1771–1832) hatte Wilhelm Häring alias Willibald Alexis (1798–1871) im Jahre 1822 ins Deutsche übertragen.
229 Anna Milder-Hauptmann. Vgl.Anm.67. Sie hatte am 28. Juni 1825 aus Berlin an Schubert geschrieben.
230 As-dur-Variationen op. 35, Sonate a-moll op. 42 (D 845, Beethovens Schüler Erzherzog Rudolf gewidmet).
231 Schubert und Vogl trafen Mitte August in Bad Gastein ein.
232 Die beiden Reisenden änderten ihre Route und fuhren schon auf der Hinreise nach Salzburg. Vgl. Schuberts ausführlichen Bericht an Bruder Ferdinand vom 12. und 21. September 1825.
233 Im Fruhwirtshaus Auf der Wieden.
234 »Zum roten Kreuz« ist ein Wirtshaus, Dornbach ein Heurigendorf.
235 Vgl.Anm.76.
236 Vgl.Anm.200.
237 Maria (geb. 1814), Josefa (geb. 1815), Andrä (geb. 1823), letzterer von ihm der »Probstl« genannt, waren Kinder aus Vater Schuberts zweiter Ehe.

238 Steyr.

239 Stift Kremsmünster. Der nachfolgend genannte »mathematische Thurm« ist die Sternwarte.

240 Vöcklabruck.

241 Der von Schubert beschriebene, heute noch in dieser Route führende Weg geht über Frankenmarkt und Straßwalchen – in dieser Reihenfolge – nach Neumarkt. Die sich anschließende Darstellung gehört mit zu den schönsten Beschreibungen Salzburgs und des Salzburgischen Landes, dessen Schönheiten gerade damals erst durch die romantischen Maler (Fohr, Olivier, Schnorr v. Carolsfeld, Klein, Reinhold, Fendi, Schödlberger, Ender, Höger bis Waldmüller, Gurlitt und Richter) entdeckt wurden. Vgl. Heinrich Schwarz, *Salzburg und das Salzkammergut. Die künstlerische Entdeckung der Stadt und der Landschaft im 19. Jahrhundert*, Wien 1936.

242 Gemeint ist wohl die Sage, wonach Karl d. Gr. im Innern des Untersbergs schlafe, um zu gegebener Stunde von hier aus aufzubrechen.

243 Theophrastus Bombastus Paracelsus (1493–1541), Arzt und Naturforscher, ließ sich 1541 in Salzburg nieder, wo er auch starb. Sein Haus am Platzl bei der Pfeifergasse befindet sich in unmittelbarer Nähe zum Chiemsee-Hof und dem Wohnhaus des Humanisten-Musikers Paul Hofhaimer. Grab und Grabstein des Paracelsus in der Salzburger Sebastianskirche, in deren Friedhof Leopold Mozart, Georg Nikolaus Nissen und Mozarts Witwe Constanze begraben sind.

244 Der Kaufmann Johann Christian Pauernfeind (1783 bis 1835).

245 Graf Hieronymus Plaz (1777–1834).

246 Michael Haydn (1737–1806), Joseph Haydns Bruder, seit 1762 in Salzburg, hatte für Schubert große Bedeutung, und zwar im Hinblick auf die Kammermusik (Quintett),

das gesellige Männer-Quartett und die deutschsprachige Kirchenmusik. – Haydn ist auf dem Peters-Friedhof, auf dem auch Mozarts Schwester Nannerl ruht, bestattet. Das Monument mit Haydns Schädel ist in der Kirche.

247 Gemeint ist der Nonnberg.

248 Steyr. Zwischen dem Schreiben vom 12. September 1825 und diesem liegt Schuberts Brief an Bauernfeld. Aber um die Einheit der schönen Reisebeschreibung nicht zu zerstören, ist der Brief Schuberts an seinen Bruder (vom 21. September) vorgezogen. Dieser wahrscheinlich persönlich überbrachte Brief ist unvollendet.

249 Das »Monats-Schlößl« am Waldenerberg nahe Hellbrunn wurde 1615 im Auftrag von Fürsterzbischof Markus Sittikus von Hohenems (1574–1619) errichtet. Markus Sittikus wurde 1612 Nachfolger des amtsenthobenen Wolf Dietrich von Raitenau (1559–1617). – Für eine »Schöne« ist das Schlößl nicht gebaut, Schubert verwechselt wohl mit dem Bau des Schlosses Altenau (Mirabell), das Wolf Dietrich für Salomea Alt errichten ließ (Vgl. zum Ganzen: Franz Martin, *Salzburgs Fürsten in der Barockzeit*, Salzburg 1949).

250 Hallein am Dürrnberg, durch die Salzgewinnung wichtig für Salzburgs Handel (vor allem mit Bayern).

251 Rattenstall.

252 Es ist das einzige Mal in diesem Salzburg-Bericht, daß Mozart genannt wird. Deutsch (*Dokumente*, S. 321) nimmt für »A« Johann Georg Albrechtsberger (1736–1809) an, der unter anderem Lehrer Beethovens war.

253 Brettern.

254 Das Ganze bezieht sich auf den Freiheitskampf der Tiroler unter Joachim Haspinger (1776–1858), dem Kapuziner, im Jahre 1809.

255 Werfen im salzburgischen Pongau. Die »Festung«, deren Grundmauern aus dem 11. Jahrhundert stammen, ist Hohenwerfen.

256 Tennengebirge und Hochkönig.
257 Steyr. Vgl.Anm.248.
258 Anschrift: »Dem Wohlgeb. Herrn Herrn v. Bauernfeld in Wien Abzugeben bey H. Jos. Trenschensky im lithographischen Institute im Zwettelhof«, Deutsch (*Dokumente*, S. 319) liest in der Anschrift statt »v« als Schreibfehler »J« (statt »E«) – Vgl. ferner Anm.179. – Schuberts Brief ist die Antwort auf ein Schreiben Bauernfelds vom 13. September 1825.
259 Vgl.Anm.233.
260 Leopold Kupelwieser.
261 Wilhelm August Rieder und Anton Dietrich waren Bildhauer.
262 Johann Steiger v. Amstein (Vgl.Anm.167). Schubert hatte im September von Gmunden aus an Steiger folgende Zeilen gerichtet: »Lieber Steiger! Es ist mir sehr leid, daß ich Euch nicht zu Clodi begleiten kann. Da wir heute an den Atter-See fahren, u. diese Fahrt nicht verschoben werden kann, indem Vogl beschlossen hat, Morgen!! von Gmunden abzureisen. Dieß erfuhr ich erst heute früh, daher wirst Du mich entschuldigen. Sey nicht böse, mir ist recht leid. Abends hoffe ich euch noch in euerm Gasthaus zu sehen. In Hinsicht der Besichtigung der Salzarbeiten fragt nur in dem Kuffen Handelamt nach H. v. Kinesberger, welcher gestern mit uns sprach. Dein Schubert.« – Clodi ist wahrscheinlich Therese Clodi.
263 Louis Hönig, Vetter Karl Hönigs. Vgl.Anm.165.
264 Vogl reiste mit Heinrich Wilhelm v. Haugwitz (1770 bis 1842) nach Italien.
265 Schubert kehrte zur angegebenen Zeit nach Wien zurück.
266 Außenseite des Gesuches: »An Seine Majestät den allergnädigsten Kaiser. Franz Schubert, Compositeur in Wien bittet unterthänigst um die allergnädigste Verleihung der Vice-Hofkapellmeisters Stelle. Wohnhaft auf der Wieden

No. 100 nächst der Karlskirche 5te Stiege, 2ter Stock.« – Es handelt sich um die Nachfolge Joseph (v.) Eyblers, der in die 1824 frei gewordene Stelle Salieris aufgerückt war. Die Stelle erhielt Joseph Weigl (1766–1846), der Komponist des Singspiels »Die Schweizerfamilie« (1809).

267 Der im Mai 1826 geschriebene Brief ist nach Ober-Villach (Kärnten) gerichtet.

268 Vgl. Anm. 67 und 229.

269 Nanette Schechner (1806–1860).

270 Vgl. Anm. 266.

271 Posse »Herr Josef und Frau Baberl« von Josef Alois Gleich (1772–1841) alias Adolph Blum (Vgl. Reinhard Urbach, *Die Wiener Komödie und ihr Publikum, Stranitzky und die Folgen,* (Wien-München 1973). Gleich, Karl Meisl und Adolf Bäuerle waren die Hauptpoeten der Wiener Zauberstücke am Leopoldstädter Theater, bis Ferdinand Raimund (1790–1836), seit 1821 Regisseur dieser Wiener Bühne, in Erscheinung trat (»Der Barometermacher auf der Zauberinsel«, 1823).

272 Die Reise kam nicht zustande, nur Spaun unternahm sie. – Unterschrift fehlt.

273 Hans Georg Nägeli (1773–1836), der Schweizer Pädagoge, Organisator, Komponist und Verleger, hatte sich am 24. November 1825 an Carl Czerny gewandt; in einem weiteren Brief (Zürich, 18. Juni 1826) bedankte er sich und schrieb dabei: »Den Klavier-Komponisten Schubert zähle ich entschieden unter die guten, ja vortrefflichen.« Auch Sonaten Beethovens hatte er veröffentlicht.

274 Carl Czerny (1791–1857), der berühmte »Etüden-Czerny«, Schüler Beethovens und Lehrer Franz Liszts.

275 Das geplante Unternehmen, das die Serien »Werke der strengen Schreibart« (Bach, 1802) und »Répertoire des Clavicinistes« (u. a. Beethoven, Clementi, 1803) ergänzen sollte, kam nicht zustande.

[276] Louis Antoine Duport, Opernpächter, von Hause aus Ballettmeister.

[277] »Der Graf von Gleichen«. Auf diesen Plan setzte Schubert seine größten Hoffnungen.

[278] Ist die damals zwanzigjährige Nanette Schechner aus München gemeint? Vgl.Anm.269.

[279] privilegierte Geschäfts- oder Geschäftemacher?

[280] Kunigunde Rosa.

[281] Anschrift: »An die Kunsthandlung Breitkopf et Härtel in Leipzig«. Antwort des Verlages am 7. September 1826 mit dem Angebot, ihn zunächst mit Frei-Exemplaren statt Honorar zufrieden zu stellen. 1839 erschien die Sinfonie C-dur.

[282] Anschrift: »Seiner des Herrn Hrn. v. Probst, Kunsthändler Wohlgeboren in Leipzig«. Der Verleger Heinrich Albert Probst (1791–1846) reagierte am 26. August 1826 positiv.

[283] Übergabe vermutlich der verschollenen »Gasteiner Sinfonie« an die »Gesellschaft der Musikfreunde« in Wien. Schubert erhielt für diese Widmung im Auftrage des »leitenden Ausschusses« durch den stellv. Präsidenten, den als Musikhistoriker bekannten Raphael Georg v. Kiesewetter (1773–1850), einen als Honorar bezeichneten Betrag von 100 Gulden. Im Juni 1827 wurde Schubert zum »Repräsentanten« der Gesellschaft gewählt. Am 12. Juni bedankte er sich für die Wahl »zum Mitglied des Repräsentantenkörpers der löblichen Gesellschaft«.

[284] Maria Pachler, geb. Koschak (1794–1855) in Graz. Schubert reiste am 2. September 1827 mit Johann Baptist Jenger (1792–1856; vgl. Anm. 154) nach Graz. Schubert besuchte eine Aufführung von Giacomo Meyerbeers »Il crociato in Egitto« und wirkte bei der Akademie des Steiermärkischen Musikvereins mit. Schubert und Jenger blieben bis zum 20. September in Graz. Einen Tag vorher hatte er

sich in einem kurzen Brief bei Franz Schliers de Morauville wegen eines nicht eingehaltenen Besuchs-Versprechens entschuldigt.

285 Dr. Karl Pachler (1789–1850).

286 Faust Pachler (1819–1891), Sohn von Karl und Marie Pachler.

287 »Alfonso und Estrella«.

288 Kindermarsch (D 928).

289 Josef Gottdank, Sänger und Regisseur, seit 1806 an der Hofoper, hatte den Amtmann in der Uraufführung von Schuberts »Die Zwillingsbrüder« am 14. Juni 1820 gespielt. – Bei dem Opernbuch handelt es sich wohl um »Alfonso und Estrella«.

290 Friedrich Rochlitz (1769–1842), von Goethe geschätzter Komponist, Schriftsteller und Redakteur (*Allgemeine musikalische Zeitung*) in Leipzig, hatte am 7. November 1827 an Schubert geschrieben. Der Beethoven-Apostel Rochlitz brachte Schubert, der drei seiner Gedichte (»Alinde«, »An die Laute«, »Klaglied«) komponiert hatte, viel Verständnis entgegen. Im oben genannten Brief unterbreitete er Schubert die Anregung, sein Gedicht »Der erste Ton« (1805), das bereits Carl Maria von Weber (1808) vertont hatte und das auch Beethoven ans Herz gelegt wurde, zu komponieren.

291 Anschrift: »An Herrn Anselm Hüttenbrener Güterbesitzer im Rosenthal Wohlgeb. in Grätz«. Statt »Rosenthal« müßte es »Rosenegg« heißen.

292 Es handelt sich um das Es-dur-Trio (op. 100). Ignaz Schuppanzigh (1776–1830), Geiger und Quartettprimarius, mit Beethoven befreundet. Bocklet ist Karl Maria Bocklet (1801–1881). Für Joseph Linke (1783–1837) – und Anna Maria Gräfin Erdödy – schrieb Beethoven die Violoncello-Sonate op. 102.

293 Johann Lorenz Greiner. Schubert irrt, da die zwei Lieder nach Gedichten von Ernst Schulze (1789–1817) »Auf

der Bruck« (D 853), komponiert 1825, als op. 93 bei Josef Andreas Kienreich erschienen.

294 Der Verlag B. Schott's Söhne in Mainz hatte sich am 9. Februar 1828 an Schubert gewandt (am gleichen Tag wie der Leipziger Verleger Probst, vgl. Anm. 282).

295 9. Februar.

296 Es handelt sich um folgende Werke: Klaviertrio in Es-dur op. 100 (D 929), die Quartette d-moll (D 810) und G-dur op. 161 (D 887), die »Impromptus« op. 142 (D 935, 946, 459, 593), Fantasie f-moll für Klavier zu vier Händen (D 940), Fantasie für Violine und Klavier op. 159 (D 934). – »Der Hochzeitsbraten« ist op. posth. 104. – Unter den drei Opern sind wohl »Die Verschworenen«, »Alfonso und Estrella«, »Fierabras« gemeint. Die Messe ist die in As-dur. Die »Symfonie« ist schwer zu eruieren; evtl. handelt es sich um die »Gasteiner«.

297 Bei Schober, Tuchlauben 14 (Wien I); dort schrieb er »Die Winterreise« (D 911).

298 Vgl. Anm. 295 und 296. – Das Konzert fand am 26. März 1828 satt, und zwar im Saal der »Gesellschaft der Musikfreunde«, Tuchlauben, »Zum roten Igel«. Den Saal hatte Schubert auf Grund eines Gesuches vom 6. März kostenlos erhalten. Es musizierten das Schuppanzigh-Quartett, aber mit Leopold Böhm als Primarius (vermutlich G-dur-Quartett), Michael Vogl, Ludwig Tietze, Josef Rudolf Lewy, Josefine Fröhlich als Sänger, das Bocklet-Trio (vgl. Anm. 292), Mitglieder des Konservatoriums bzw. der »Gesellschaft der Musikfreunde«. Mit den Sängern musizierte Schubert selbst. Das Programm enthielt u. a. das Es-dur-Trio (D 929), den »Schlachtgesang« von Klopstock (D 912), das »Ständchen« (D 921), das Lied »Die Allmacht« von Pyrker (D 852).

299 Die eingesandten Werke: D 929, 935, 946, 459, 593. Der »5stimmige Männergesang« ist »Mondschein« nach Scho-

bers Gedicht, op. 102 (D 875).

300 Vgl.Anm.282 und 294. Anschrift: »Von Wien. An die Buchhandlung des Herrn Probst Wohlgeb. in Leipzig«. Antwort auf den Brief vom 9. Februar 1828.

301 Vgl. Anm. 298. – Die verheißene Wiederholung des Konzerts fand nicht statt.

302 Bereits Anfang 1827 waren die ersten vierzehn Lieder vollendet. Die letzten zehn entstanden nach der Grazer Reise und lagen Oktober 1827 vor. Die ersten zwölf Lieder erschienen Januar 1828 bei Haslinger. Beide Hefte, d. h. einschließlich der Lieder 13 bis 24, kamen im Dezember 1828 heraus.

303 Tobias Haslinger »Kunst- und Musikalienhändler in Wien am Graben Nr. 572«, hatte etliche opera Schuberts verlegt, u. a. die Lieder op. 79 bis 81, die Metastasio-Gesänge op. 83, die ersten Impromptus op. 90 (die Schubert nicht so benannt hatte) und die von Haslinger als »Schwanengesang« titulierten Lieder nach Gedichten von Heine, Rellstab und Seidl. Haslinger (1787–1842), auch aus Beethovens Biographie bekannt, war der Schubert-»Konkurrent« Diabellis.

304 Dr. Ignaz Menz, Arzt.

305 Karl v. Schönstein (1797–1876), dem Schubert die »Müllerlieder« (»Die schöne Müllerin«) widmete.

306 Schuberts letzte Wohnung an der Kettenbrückengasse im IV. Bezirk. Dort zog er am 1. September 1828 ein, und dort starb er am 19. November 1828. Er sollte auf dem Matzleinsdorfer Friedhof bestattet werden; Schuberts Bruder Ferdinand veranlaßte das Begräbnis auf dem Währinger Friedhof (21. November). 1888 wurde Schuberts Leichnam – auch der Beethovens – auf den Zentralfriedhof überführt.

307 Anschrift: »Von Wien. An die Kunsthandlung Schott's Söhne in Mainz.«

[308] Vgl. Anm. 294 und 296.

[309] Als op. 142 bei Diabelli im Jahre 1838 erschienen, vom Verleger Franz Liszt gewidmet.

[310] Gesang für fünf Männerstimmen (D 875).

[311] Anschrift: »Von Wien. An den Kunsthändler Herrn Probst Wohlgeboren in Leipzig.«

[312] Vgl.Anm.282, 294, 300.

[313] Sonaten in c-moll (D 958), A-dur (D 959) und B-dur (D 960), vom September 1828.

[314] Johann Nepomuk Hummel (1778–1837), Schüler Mozarts, seit 1819 Hofkapellmeister in Weimar.

[315] im sog. »Schwanengesang«, von Haslinger verlegt.

[316] C-dur-Quintett (D 956), als op. 163 erst 1853 bei Spina erschienen. – Es entstand August und September 1828, d. h. nach der »großen« C-dur-Sinfonie (D 759).

[317] Schuberts letzter Brief.

[318] Dr. Ernst Rinna v. Sarenbach (gest. 1837). Ärztliches Konsilium am 16. November mit Dr. Josef von Vering (1793–1826), der den erkrankten Rinna vertrat, und Dr. Johann Baptist Wisgrill (1795–1851), beide ehemalige Mitkonviktler. Vering war Onkel Gerhard v. Breunings und Sohn des aus Beethovens Pathographie bekannten Dr. Gerhard v. Vering.

[319] Der amerikanische Romancier James Fenimore Cooper (1789–1851), dessen *Leather-stocking tales* (*Lederstrumpf*) u. a. *The last of the mohicans (Der letzte Mohikaner)* 1826, *The pioneers* (1823) und *The prairie* (1827) enthalten. Früher (1821) entstanden waren *The spy (Der Spion)* und, 1824, *The pilot*. Deutsch (*Dokumente*, S. 546) nimmt an, daß Schubert die 1826 begonnene bzw. veröffentlichte Übersetzung von Christian August Fischer gelesen habe.

Zeittafel

1797 Franz Peter Schubert am 31. Januar als elftes Kind des aus Neudorf in Mähren stammenden Lehrers Franz Theodor Florian Schubert (geb. 1763) und der seit 1785 mit ihm verheirateten Maria Elisabeth Vitz (geb. 1756) aus Zuckmantel (österr.Schlesien) in Wien-Liechtental geboren.
(Über Schuberts ältere Brüder vgl. Anm. 1).
(Geburtsjahr der Freunde Karl v. Schönstein, Leopold v. Sonnleithner, sowie von Donizetti, A. v. Droste-Hülshoff, H. Heine, J. Gotthelf, Wilhelm I. v. Preußen).

1798 Tod des fünfjährigen Bruders Josef.
(Casanova gest., Therese Grob, Franz v. Bruchmann geb.; Hoffmann v. Fallersleben, Eugène Delacroix geb.).

1799 Geburt und Tod der Schwester Aloisia Magdalena.
(Dittersdorf, Lichtenberg gest.; Balzac, Puschkin, Rellstab geb.; Washington gest.).

1800 (Piccini gest.).

1801 Schwester Maria Theresia geb. (Chodowiecki, Novalis gest.; Lortzing, Lanner, Nestroy, Grabbe geb.).

1802 Eduard v. Bauernfeld geb. (Lenau, Hauff, Hugo, Dumas, Wienbarg, Halévy geb.).

1803 Gründung des k.k.Stadtkonvikts in Wien. (Gleim, Klopstock, Herder gest.; Berlioz, Emerson, Liebig geb.).

1804 Tod des Onkels Karl Schubert (geb. 1754). (Kant gest.; J. Strauß Vater, Mörike, Moritz v. Schwind, L. Feuerbach geb.).

1805 Angeblich Beginn des Musikunterrichts beim Vater. (Schiller, Boccherini gest.; Stifter, Andersen geb.).

1806 (M. Haydn, Fragonard gest., Laube geb.; William Pitt gest.).

1807 (Longfellow, F. Th. Vischer, Pocci geb.).

1808 Schuberts Eintritt in das Stadtkonvikt. (Spitzweg, Daumier, D. F. Strauß, Josefine Fröhlich geb.; Napoleon III. geb.).

1809 Austritt Josef v. Spauns (geb. 1788) aus dem Stadtkonvikt. (J. Haydn gest., F. Mendelssohn-Bartholdy, Tennyson, Gogol, Puschkin, Darwin, Proudhon geb.).

1810 Schubert komp. vierhändige Klavier-Fantasie (D 1). (Ph. O. Runge gest.; Chopin, Schumann, Nicolai, Freiligrath, Fr. Reuter, Musset geb.). – Jean Paul prägt das Wort »Weltschmerz«.

1811 Komposition von L. Schückings »Hagars Klage« (D 5). der Ouvertüre (f. Streichquintett, D 8) und eines D-dur-Quartetts (verschollen). (Kleist, Fr. Nicolai gest.; Liszt, Gutzkow geb.).

1812 Tod der Mutter. Schuberts Unterricht bei Salieri, Austritt aus der Kapelle der Hofsänger, Komposition der Ouvertüren in B-dur (D 11) und D-dur (D 12 und 26), eines »Salve Regina« (D 27), eines Trio-Satzes (D 28) und eines »Kyrie« (D 31), der Quartette c-moll (D 18), C-dur (D 32), B-dur (D 36). (Tischbein gest.; Flotow, Dickens geb.).

1813 Schubert Stipendiat der Windhagischen Stiftung, im Gymnasium Academicum. Am Ende des Jahres Austritt und Eintritt in die St. Anna-Normal-Hauptschule (Lehrerpräparandie). Vater Schubert heiratet Anna Kleyenböck (geb. 1783).

Komposition eines Bläser-Oktetts (D 72), der 1. Sinfonie in D-dur (D 82), der Quartette D-dur (D 74 und 94), der Kantate zur Namensfeier des Vaters (D 80), eines »Trinkliedes« (D 75) sowie zahlreicher Menuette, Kanons u. a. Beginn der Komposition der Oper »Des Teufels Lustschloß« (nach Kotzebue).

(Grétry, Wieland, Körner gest.; Verdi, Wagner, Hebbel, Büchner, Ludwig, Kierkegaard geb.).

1814 Dritte Uraufführung von Beethovens »Fidelio« in Anwesenheit Schuberts. Erste Begegnung mit Mayrhofer. Schubert wird im Herbst »Schulgehilfe« seines Vaters (bis 1816). Komposition von Goethes »Gretchen am Spinnrad« (D 118), des Quartetts B-dur (D 112), Beendigung von »Des Teufels Lustschloß« (D 84), Komposition, Uraufführung (16. Oktober) und Wiederholung der F-dur-Messe (D 105) in der Liechtenthaler Kirche unter Schubert, Bearbeitung von Wenzel Matiegkas op. 2 (Gitarren-Trio) zum Quartett. (Fichte gest.; Lermontow geb.).

1815 Geburt der Halbschwester Josefa Theresia. Franz v. Schober (geb. 1796) kommt nach Wien. Komposition der Opern bzw. Singspiele »Der vierjährige Posten« nach Körner (D 190), »Fernando« nach Stadler (D 220), »Claudine von Villa Bella« nach Goethe (D 239), »Die Freunde von Salamanca« nach Mayrhofer (D 326), Vollendung der B-dur-Sinfonie (D 125), Komposition der D-dur-Sinfonie (D 200), der 1. Klaviersonate (E-dur, D 157) sowie der C-dur-Sonaten (D 279; die zweite Fragment), des g-moll-Quartetts (D 173), zahlreicher Lieder, darunter Goethes »Erlkönig« (D 328), Uraufführung der Messe G-dur

(D 167) in der Liechtenthaler Kirche. (M. Claudius gest., Geibel, Menzel geb.; Bismarck geb.).

1816 Schubert bewirbt sich vergeblich um die Stelle eines Musiklehrers in Laibach (Ljubljana). Erste Tagebuch-Aufzeichnungen. Josef v. Spaun schreibt wegen Schubert an Goethe. Ehrung Salieris. Geburt des Halbbruders Theodor Kajetan Anton. Komposition der (4.) »tragischen« Sinfonie c-moll (D 417), der (5.) Sinfonie in B-dur (D 485), des E-dur-Quartetts (D 353), der verschollenen »Prometheus«-Kantate, der Messe C-dur (D 452), zahlreicher Lieder, darunter Goethe-Lieder. (Freytag, Rethel geb.).

1817 Tod des 1816 geb. Halbbruders Theodor Kajetan Anton. Schubert lernt Joh. Michael Vogl kennen. Wieder Schulgehilfe (bis 1818). Brief an Breitkopf u. Härtel in Leipzig. Komposition der Ouvertüren »im italienischen Stil« in D-dur (D 590) und C-dur (D 591), Uraufführung einer derselben in Wien, Komposition u. a. der Klaviersonaten As-dur (D 557), H-dur op. 147 (D 575), a-moll (D 537), E-dur (D 459), Es-dur (D 568); Sonatenfragmente, zahlreiche Lieder, darunter »Ganymed« (D 544), »Der Tod und das Mädchen« (D 531), »Die Forelle« (D 553).
(Th. Storm geb).

1818 Schubert wird zur »Konskription« herangezogen, aber nicht zum Militärdienst einberufen. August bis Oktober in Zseliz als Musiklehrer der beiden Töchter des Grafen Esterhazy von Galantha. Mayrhofers »Am Erlafsee« erscheint als erstes Schubert-Lied im Druck, Schuberts »Ouvertüre« (welche?) öffentlich aufgeführt. Komposition der »kleinen« Sinfonie C-dur (D 589), der Sonaten-Fragmente C-dur (D 613), f-moll (D 625), des deutschen »Requiem«. Beginn der Musik zu »Die Zwillingsbrüder«. (L. Kozeluh gest.; Ch. Gounod, Turgenjew, J. Burckhardt, K. Marx geb.).

1819 Erste öffentliche Aufführung eines Schubert-Liedes (»Schäfers Klage«) in Wien. Reise mit Vogl nach Steyr, Linz und Kremsmünster. Salieri stellt Schubert ein Zeugnis (in deutscher Sprache) aus. Komposition des »Forellen«-Quintetts (D 667), der Klaviersonate A-dur (D 664), der Ouvertüren e-moll (D 648) und F-dur (D 675), Vollendung der Musik zu G. v. Hofmanns »Die Zwillingsbrüder« (D 647), zahlreicher Lieder, darunter Goethes »Prometheus« (D 674). (Kotzebue erm.; Clara Wieck, Offenbach, Suppé, G. Keller, Fontane, Whitman geb.).

1820 Uraufführung der »Zwillingsbrüder« (14. Juni) in Wien, Schuberts Name im Polizeibericht (im Zusammenhang mit den Untersuchungen gegen die Burschenschaften). Komposition und Uraufführung der Musik zur »Zauberharfe« von Hofmann (D 644) in Wien (19. August). Schuberts angebetete Therese Grob heiratet J. Bergmann. Komposition des »Lazarus«-Fragments (D 689), des c-moll-Satzes für Quartett (D 703).

1821 Josef Huber beschreibt die vielleicht erste »Schubertiade«. Öffentliches Konzert u. a. mit Werken Schuberts im Kärntnertor-Theater. Der Verlag Cappi u. Diabelli legt eine Subskription auf den »Erlkönig« auf. Nestroy als Mitwirkender in Schuberts 1818 komponiertem Männerquartett »Das Dörfchen« (D 598) in Wien. »Gretchen am Spinnrad« bei Diabelli erschienen, ferner: »Der Wanderer« (Schmidt v. Lübeck), »Morgenlied« (Werner), »Wanderers Nachtlied«, »Schäfers Klagelied«, »Rastlose Liebe«, »Heideröschen«, »Jägers Abendlied«, »Meeresstille«, »Rastlose Liebe«, »Nähe der Geliebten«, »Der Fischer«, »Erster Verlust«, »König in Thule« (Goethe) u. a. Schubert im

Juli mit seinen Freunden in Atzenbrugg, im Herbst mit Schober in St. Pölten und Ochsenburg. Öffentliches Konzert der »Gesellschaft der Musikfreunde« in Wien u. a. mit Beethovens 7. Sinfonie (op. 92) und Schuberts Ouvertüre e-moll (D 648). Komposition der Chorsätze »Das Dörfchen« (nach Bürger) (D 598), »Gesang der Geister über den Wassern« nach Goethe (D 714). Beginn der Oper »Alfonso und Estrella«. (Uraufführung von Webers »Freischütz« in Berlin; Napoleon I. gest.; Dostojewski, Flaubert, Baudelaire geb.).

1822 Weber und Rossini in Wien. Nestroy wieder als Mitwirkender im Männer-Quartett. »Geister der Liebe« (D 747). »Mein Traum«. Schubert Mitglied der »Gesellschaft der Musikfreunde« in Wien, widmet Beethoven die 1818 komponierten vierhändigen Klavier-Variationen op. 10. Schuberts Kotzebue-Oper »Des Teufels Lustschloß« von 1812 bzw. 1814 wird (angeblich) in Wien und München angeboten. Vollendung der Oper »Alfonso und Estrella« nach Schober (D 732) und Angebot am Kärntnertor-Theater, Komposition der »unvollendeten« Sinfonie h-moll (D 759) und Widmung an den »Steiermärkischen Musikverein«, Komposition der »Wanderer-Fantasie« (D 760), der 1819 begonnenen Messe As-dur (D 678) u. a. (E. Th. A. Hoffmann, Shelley gest.; C. Franck, G. Büchmann geb.).

1823 Erkrankung Schuberts. Schubert wird Ehrenmitglied des »Steiermärkischen Musikvereins« und des »Linzer Musikvereins«. Reise nach Linz und Steyr. Weber in Wien (Begegnung?). Komposition und Uraufführung der Musik zu »Rosamunde« von H. v. Chézy im Theater an der Wien (20. Dezember). Komposition des Bühnenwerks »Die Verschworenen« (»Der häusliche Krieg«) von Castelli und »Fierabras« von Kupelwieser. Der Zyklus nach Wilhelm Müller »Die schöne Müllerin«; Klaviersonate a-moll op. 143 (D 784), »Moments musicals« (!, D 780). Zahlreiche Lieder. Beginn des Quartetts a-moll op. 29. (Uraufführung von Webers »Euryanthe« in Wien. Beethoven arbeitet an der 9. Sinfonie; Schuberts Lehrer W. Ruczizka gest.; Zacharias Werner gest.).

1824 Erscheinen des Zyklus »Die schöne Müllerin« bei Sauer und Leidesdorf in Wien. Uraufführung des Quartetts a-moll (D 804) durch das Schuppanzigh-Quartett in Wien. Schuppanzigh leitet auch die private Uraufführung des Oktetts im Troyerschen Haus. Schubert im Juli bis Mitte Oktober wieder in Zseliz. Komposition des »Grand Duo« C-dur op. 140 (D 812), der »Valses sentimentales« op. 50 (D 779), der As-dur-Variationen op. 35 (D 813), der »Militärmärsche« op. 51 (D 733), der Arpeggione-Sonate (D 82), der Introduktionen und Variationen »Trockene Blume« (D 802), des Oktetts F-dur op. 166 (D 803), Beginn des Quartetts d-moll. (Uraufführung von Beethovens 9. Sinfonie sowie dreier Sätze der »Missa solemnis« in Wien. Byron gest.; Bruckner, Cornelius, Smetana, Dumas fils geb.).

1825 Schubert begegnet Bauernfeld. Reise nach Steyr, Gmunden, Linz, St. Florian, Kremsmünster, Steyeregg. Brief an Goethe (Juni). Tieck in Wien. Reise mit Vogl nach Vöcklabruck, Frankenmarkt, Straßwalchen, Neumarkt, Salzburg, Gastein (Begegnung mit Pyrker), Gmünden, Linz, Steyr. Mit Gahy nach Wien zurück (Oktober). Komposition der verschollenen »Gasteiner Sinfonie«, der Klaviersonaten a-moll op. 42 (D 845), D-dur op. 53 (D 850), der Sonaten-Fragmente C-dur (D 840); Lieder. (Salieri, Jean Paul,

Saint-Simon gest.; J. Strauß Sohn, C. F. Meyer geb.).

1826 Erscheinen der Klaviersonate a-moll bei Pennauer in Wien. Private Aufführung des Quartetts d-moll bei Franz Lachner in Wien. Vater Schubert wird Wiener Bürger. Schubert besucht Beethoven. Korrespondenz mit Nägeli. Vergebliches Gesuch an den Kaiser um die Stelle des Vize-Hofkapellmeisters. Widmung der »Gasteiner Sinfonie« (vgl. 1825) an die »Gesellschaft der Musikfreunde« in Wien. Versuch mit Bauernfelds Opernlibretto »Der Graf von Gleichen«. Briefe an die Leipziger Verlage Probst sowie Breitkopf u. Härtel. Vollendung des Quartetts d-moll (D 810). Komposition des Quartetts G-dur op. 161 (D 887), der G-dur-Sonate op. 78 (D 894), der »Deutschen Messe« (D 872). (Weber, J. P. Hebel, J. H. Voß gest.).

1827 Aufführung und Erscheinen des »Rondo brillant« (D 895) bei Artaria in Wien. Korrespondenz mit Rochlitz: Beethoven beschäftigt sich mit Schuberts Liedern. Komposition von Müllers »Winterreise« in zwei Phasen. Schubert singt sie bei Schober seinen Freunden vor. Schubert mit Bauernfeld, Schober, Schwind bei der Beerdigung Beethovens (29. März). Öffentliche Aufführung des Oktetts durch Schuppanzigh. Schubert »Repräsentant« der »Gesellschaft der Musikfreunde« in Wien. Reise nach Graz im September. Schwind reist vorübergehend nach München. F. Mendelssohn-Bartholdy spielt in der dritten Rombergschen Soiree in Berlin den Klavierpart des »Erlkönig« (zum Gesang Baders). Komposition der »Winterreise« (s. o.), der Klaviertrios B-dur op. 99 (D 898) und Es-dur op. 100 (D 929), der »Lyrischen Klavierstücke« (»Impromptus« op. 90, D 899), der C-dur-Phantasie op. 159 (D 934), der »Impromptus« op. 142 (D 935), des »Ständchens« von Grillparzer op. 135 (D 921), des »Schlachtgesangs« von Klopstock op. 151 (D 912), der Metastasio-Gesänge für Lablache (D 579/81). (Beethoven, Pestalozzi, W. Müller, Hauff gest.; Böcklin geb.). – Goethe prägt den Begriff »Weltliteratur«.

1828 Die Freunde lesen Kleist, Tieck und Heine (*Reisebilder*). Erscheinen der »Winterreise« bei Haslinger in Wien. Lieder op. 96 und 106 in Schobers Offizien privat veröffentlicht. Öffentliche Aufführung des »Ständchen« (vgl. 1827) durch Josefine Fröhlich. Verlagskorrespondenz mit Schott in Mainz. Paganini in Wien. Konzert Schuberts (26. März). Erscheinen des Es-dur-Trios und der »Moments musicals« (!) op. 94. Im September verschlechtert sich Schuberts Gesundheitszustand. Schubert zieht zu seinem Bruder Ferdinand. Im Oktober Ausflug nach Eisenstadt (zum Grab J. Haydns). Schwinds endgültige Abreise nach München. Anton Schindler schreibt an Schubert. Einladung zu einem Konzert in Pest. Am 4. November Anmeldung zum Kompositionsunterricht (!) bei Simon Sechter (1783 bis 1867), dem späteren Lehrer Bruckners. Eine einzige Stunde absolviert. Seit 11. November bettlägerig. Letzter Brief am 12. November (an Schober). Tod Schuberts am Nachmittag des 19. November im »Ronsberg-Haus Nr. 694 auf der Neuwied« (Kettenbrükkengasse 6 im IV. Bezirk). Bestattung am 21. November auf dem Währinger Friedhof. Seelenamt am 27. November in St. Ulrich am Platzl. – Werke aus dem Sterbejahr: u. a. »Große« Sinfonie C-dur (D 944), Quintett in C-dur (D 956), Messe Es-dur (D 940), Sonaten c-moll (D 958), A-dur (D 959), B-dur (D 960), Lieder (Heine, Rellstab, Seidl; sog. »Schwanengesang«), »Der Hirt auf dem Felsen« (D 965) für Anna Milder-Hauptmann. – Nekrologe u. a. von Blahetka, Fink, Zedlitz. (Goya gest.; Verne, Ibsen geb.).

1829 Erscheinen des sog. »Schwanengesangs« bei Haslinger in Wien. Anna Fröhlich arrangiert ein Gedenkkonzert in Wien. Verzeichnis der größeren Werke durch Bauernfeld. Verzeichnis der gedruckten »Original-Werke« (Josef Czerny).

1830 Aufstellung eines Grabmals (veranlaßt durch Jenger, Schober und Grillparzer). Tod Vater Schuberts (9. Juli). Uraufführung »Der Hirt auf dem Felsen« durch Anna Milder-Hauptmann in Riga.

1833 Schubert wird lexikonwürdig (*Neuestes Conversations-Lexikon*, Wien; 1834 im *Brockhaus*).

1835 Erster Plan einer Gesamtausgabe (in Frankreich). Franz Liszt überträgt »Die Rose« auf das Klavier (erste der Bearbeitungen bis 1852). Adolphe Nourrit (1802—1839) beginnt mit *Die junge Nonne* (Kritiken von Hector Berlioz und Fétis) seinen Einsatz für Schubert in Paris. Robert Schumanns erste öffentliche Schubert-Würdigung.

1836 Selbstmord Mayrhofers.

1838 Robert Schumann entdeckt die »große« C-dur-Sinfonie. »Grand Duo« op. 140 von 1824 erschienen, von Diabelli Clara Wieck-Schumann gewidmet.

1839 Erscheinen der a-moll-Sonate op. 143 (komp. 1823), von Diabelli Felix Mendelssohn-Bartholdy gewidmet. — Uraufführung der »großen« C-dur-Sinfonie durch Felix Mendelssohn-Bartholdy im Gewandhaus zu Leipzig (22. März). Drucklegung bei Breitkopf und Härtel. Schuberts Lieder in französischer Sprache. Ferdinand Schuberts *Aus Schuberts Leben* erschienen.

1840 Tod Michael Vogls.

1843 Sonate H-dur op. 147 (komp. 1817) erschienen, von Diabelli Sigismund Thalberg (1812—1871) gewidmet. Aufnahme Schuberts in die *Biographie universelle* (von F. J. Fétis).

1844 Erscheinen der Fuge e-moll von 1828 (D 952). Tod Ignaz Schuberts in Wien.

1851 Von dieser Zeit an Förderung der Kammermusik Schuberts (Joachim-Quartett). *Verzeichnis der gedruckten Werke Schuberts* (Diabelli). Franz Liszt instrumentiert die »Wanderer«-Fantasie (Uraufführung mit Graf Hardegg unter Joseph Hellmesberger in Wien).

1855 Tod Karl Schuberts in Wien. *Erste Schubert-Biographie* in Buchform (William Neumann).

1857 *Werkverzeichnis* von Anton Schindler.

1860 Tod der Stiefmutter Schuberts in Wien.

1861 *Biographie* von H. Kreissle von Hellborn (Wien).

1862 Tod Nestroys und Kupelwiesers in Wien.

1865 Johann Herbeck macht die »unvollendete« Sinfonie h-moll bei Anselm Hüttenbrenner ausfindig. Uraufführung in Wien. Erweiterte Neuauflage der *Biographie* von Kreissle sowie englische Ausgabe von G. Grove. Tod Spauns in Wien.

1868 *Gesamtausgabe* (Lieder und Klavierwerke) in Braunschweig. Franz Liszt gibt ausgewählte Sonaten heraus (bis 1880). Tod Anselm Hüttenbrenners in Straßerhof.

1871 Schuberts »Introduktionen und Variationen über »Trokkene Blumen« erscheinen im Druck. Tod Moritz v. Schwinds in München.

1872 Schubert-Denkmal in Wien.
Tod Grillparzers in Wien.

1873 Tod Leopold v. Sonnleithners in Wien.

1874 *Thematisches Verzeichnis der gedruckten Werke* (G. Nottebohm).

1875 Tod der Therese Bergmann, geb. Grob in Wien.

1881 Franz Lachners *Erinnerungen an Schubert und Beethoven.*

1882 Tod Ferdinand Schuberts in Wien und Schobers in Dresden.

1884 *Kritische Gesamtausgabe* (bis 1897), herausgegeben von Eusebius Mandyezewski, unter Mitarbeit u. a. von J. Brahms, I. Brüll.

1887 Max Friedländers Dissertation *Beiträge zu einer Biographie Franz Schuberts* (Rostock).

1888 Exhumierung des Leichnams Schuberts (und Beethovens) und Überführung auf den Wiener Zentralfriedhof.

1890 Tod Franz Lachners in München und E. v. Bauernfelds in Wien.

1892 Schubert-Ausstellung in Wien.

1905 Otto Erich Deutsch: *Schubert-Brevier* (Berlin).

1909 Moritz Bauer: *Franz Schubert*, (Leipzig).

1912 Walter Dahms' *Schubert-Biographie* (Berlin-Leipzig).

1913 O. E. Deutsch beginnt Band II, 1 *Dokumente seines Lebens* (München); erscheint erst 1919.

1914 Moritz Bauer: *Beiträge zur Erkenntnis der Lieder Franz Schuberts*, (Leipzig).

1915 Moritz Bauer: *Die Lieder Franz Schuberts I*, (Leipzig).

1916 Die verhängnisvolle Schubert-Operette »Das Dreimäderlhaus« von Heinrich Berté in Wien (nach dem Roman »Schwammerl« von Rudolf Hans Bartsch, 1912).

1921 Karl Kobald: *Schubert und Schwind*, 1928, und 1935 als *Schubert*, (Wien) veröffentlicht.

1927 Hans Költzsch: *Schubert in seinen Klaviersonaten*, (Leipzig).

1928 Katalog der Zentenar-Ausstellung in Wien.

1934 *Biographie* von Paul Stefan, (Berlin).
Biographie von Walter Vetter, (Potsdam).

1938 Willi Kahl: *Verzeichnis des Schrifttums über Franz Schubert, 1828–1928*, (Regensburg).

1940 Brief-Auswahl von Ernst Bücken in *Musiker-Briefe* (Leipzig); Karla Höcker: *Wege zu Schubert*, (Regensburg).

1946 O. E. Deutsch: *Dokumente* Band II als *Schubert. A Documentary Biography*, (London); *Biographie* von Walter und Paula Rehberg, (Zürich).

1947 Bernhard Paumgartners *Schubert-Biographie*, (Zürich).

1948 Heinrich Werlé: *Franz Schubert in seinen Briefen und Aufzeichnungen*, (Leipzig).

1951 O. E. Deutsch: *Schubert. Thematic Catalogue of all his Works in chronological Order*, (London).

1952 Alfred Einstein: *Schubert. Ein musikalisches Porträt*, (Zürich). Hans Rutz: *Franz Schubert. Dokumente seines Lebens u. Schaffens*, (München).

1953 Walther Vetter: *Der Klassiker Schubert*, (Berlin).

1954 *Biographie* von Paul Mies, (Leipzig).

1957 O. E. Deutsch: *Schubert. Die Erinnerungen seiner Freunde*, (Leipzig).

1958 Fritz Hug: *Franz Schubert. Leben und Werk eines Frühvollendeten*, (Frankfurt).

1963 Gründung der Intern. Schubert-Gesellschaft in Tübingen (W. Gerstenberg, L. Nowak), mit dem Ziel einer neuen kritischen Gesamtausgabe.

1964 O. E. Deutsch: *Schubert. Die Dokumente seines Lebens*, (Kassel–Paris–London–New York sowie Leipzig) als Publikation der Intern. Schubert-Gesellschaft.

1972 Rudolf Klein: *Schubert-Stätten*, (Wien).

Die Zeittafel erhebt keinerlei Anspruch auf Vollständigkeit; sie dient lediglich der allgemeinen Orientierung.

Das Porträt auf dem Umschlag stellt Franz Schubert
»den 10. July 1821« nach einer Bleistiftzeichnung
von Leopold Kupelwieser dar.
Reproduktion mit freundlicher Genehmigung
der »Gesellschaft der Musikfreunde in Wien«.